幸福の王子エドマンド

Edmund II,
a Prince of Happiness

Shiori Haruna

榛名しおり

幸福の王子　エドマンド

装幀　鈴木久美
装画　鈴木康士

四世紀後半。

帝政ローマ末期のヨーロッパで、ゲルマンの諸族が大移動を始める。

その中の一つアングロ＝サクソン族は、ドーバー海峡を渡り大ブリテン島――現在のイングランドに上陸した。

先住ケルト人を征服しつつ、いくつもの小王国を建てていったアングロ＝サクソン族は、お互いの覇権を賭けて小王国同士激しく争った。やがて王国の数は七つにまでしぼられる。

九世紀――七王国《ヘプターキー》の一つ、ウェセックス王国のエグバート王が、宿敵マーシア王国をうち破ったのち、ようやくイングランドは統一される。

しかし同じころ、海賊《ヴァイキング》船に乗った北欧スカンディナビア半島のノルマン人が、西ヨーロッパ沿岸に次々と襲来するようになった。

エグバート王の孫、アルフレッド大王は彼らを撃退、イングランド国内を安定させた。海賊船はやむなくその舳先《へさき》をフランス西岸へと向けることになる。

しかし十世紀末。

北欧の海賊たちは、デンマークという国としてイングランドに戻ってきた。巨額な退去料《デーンゲルド》を幾たび支払おうが侵略に飽きず、次第に奪い取った土地で越冬、永住するようになった。

十一世紀初頭。

国土は削られ、国庫は財政破綻寸前。

統一されてからまだ二百年もたたないイングランドは、早くも存亡の機を迎えていた。

プロローグ

厩舎《きゅうしゃ》の木戸を開け、そっと薄暗い中をうかがうと、思ったとおりすでに人の気配はない。

ずらりと並ぶ駿馬《しゅんめ》たちに「ぼくだよ」と声をかけながら七歳のエドマンドが通路を歩くと、顔なじみの馬たちが白い息を吐きながら鼻面を寄せてくる。

目指す山羊《やぎ》小屋は、この厩舎を通り抜けたところだ。誰にも見られていないことを確かめながらそっと忍び入った。いた——輝くように白い一匹の山羊に近づいたエドマンドは、隠し持っていた器を差し入れ乳を搾《しぼ》った。温かいミルクが、少しずつたまっていく。こぼさないように抱えて戻ろうと振り返ったそのとき。

「わっ」

いつからそこにいたのか、小さな女の子が立っていた。

三、四歳くらいか。幸い泣いてはいないが、必死に嗚咽《おえつ》をこらえている。いいドレスを着ていた。今日は父王のところにたくさん貴族の来客があったから、誰かの連れには違いないが、それにしても、なんでこんな奥まったところまで迷い込んで——。

女の子が切ない目でじっと見つめていたのは、山羊の乳が入った器だ。

「だめだ。これは、母さまに飲ませる分だ」

エドマンドは早足で通り過ぎた。見なかったことにしよう、見なかったことにすればいい——だが、どうしても気になってしまう。おなかをすかせているようだし、じきに日が暮れる。

振り向くと、女の子がぺちゃっとしぼむようにその場にしゃがみ込み、泣き出すところだった。あわてて戻ったエドマンドは、木の器を突きだした。「一口だけだぞ」

器を抱えるなり、女の子は息もつかずに飲みだした。どうして取り上げられるだろう。

「全部飲んじゃだめだ」

エドマンドは泣きたくなった。「だめだってば。あの白山羊の乳は、特別なんだぞ。元気が出るんだ」

「お花を食べさせたの？」

「花？」

女の子はまだ舌足らずで、言っていることがはっきりしない。

「リューリョの花を食べると、病気が治るって、乳母《うば》やが言ってた」

エドマンドはあわててそばにひざをついた。「どこだ。その花、どこに咲いてる」

「わかんない」

「言え。知ってるんだろう？」

「知らないってば」女の子はまつげを伏せた。「知ってたら、母さまにあげてた」

エドマンドは小さく息をのんだ。

「おまえの母さまも、病気か？」

「死んじゃった」

「その、なんとかいう花は」

「捜したけど、見つからなかった」

「違う」エドマンドは座り込んだ。「どうせそんなものはないんだ」

また悔し涙がこみ上げてきた。

大人たちがなんと言おうが、母の命の灯が細くなっているのがわかる。なのに、エドマンドにはどうすることもできない。

このまま燃え尽きてしまうのだろうか。いったいどうしたらいい？

ふと気づくと、女の子が変なことをしていた。いつのまにかそばに寄り添って、エドマンドの後ろにまわり、背中を撫《な》でている。

たったそれだけのことなのに、妙に心地よくて、その小さな手をはねのけられなかった。エドマンドは気はずかしくなってきた。

「何だよ」

女の子は説明した。

「泣き虫の妖精はね、あったかい手のひらが苦手なの」

確かに自分は泣き止んでいる。

エドマンドはあわてて女の子を振り返ると、その顔と小さな手を見比べた。

「お前、変な子だな」

ただ背中を撫でるのに上手も下手もないはずなのに、この子の手のおかげで、泣き虫エドマンドが、泣き止んでいる。

小さくて優しい手――この手がいつもそばにあれば――この子が、ずっと自分のそばにいてくれたら――エドマンドは夢想した。

（そしたらぼくだって、泣き虫じゃなくなるのに。アゼルスタン兄さんみたいに、強くなれるかもしれない）

「結婚しないか？」

女の子は小首をかしげた。「結婚？」

我ながらいい思いつきだとエドマンドは思ったし、女の子もにっこりした。

「いつ？　あした？」

意味がわかっているのかいないのか、うれしそうな女の子の顔を見て、エドマンドも思わず笑顔になった。

その時だった。

厩舎の木戸を開ける音が遠くから聞こえた。エドマンドは山羊乳の入った器を抱えて山羊小屋から逃げ出した。

一人とり残された女の子が、すがるような声を上げ、それはすぐに泣き声にかわった。するときっとその悲痛な泣き声を聞きつけたのだろう。大柄の男がふたり、山羊小屋に飛び込んでいくのが月明かりではっきり見えた。

エドマンドはほっとした。

（よかった。これであの子、家に帰れる）

エドマンドは山羊の乳を一滴だってこぼさないよう気をつけながら戻ると、使用人達が使う階段を静かに上がった。そして控え室の女中たちに目でうなずきながら、そっと母王妃の寝室のドアを開けた。

よく暖められた空気は、セージか何かの香りを含んでいた。ロウソクのあかりに包まれ、エドマンドの母は静かに眠っていた。透けそうな白い顔が、そのまま暗闇に溶けてしまいそうで、エドマンドはこわくなった。

「母さん?」

うっすらと目を開けた母は、口元をほころばせた。「エドマンド」

しかし、もう枕から頭が上がらない。エドマンドは、手に持った器を見せた。

「わかる? あの白い雌山羊の乳だよ」

エドマンドが体調を崩すたび、母が飲ませてくれた特別な山羊の乳に母は口をつけた。だが、口をつけるのがやっとだった。「ありがとう、エドマンド」

大きくなってから、エドマンドは気付いた。それは特別でもなんでもない、ただの山羊の乳だった。特別だとうそを言って、母がエドマンドに飲ませてくれたのだ。だが不思議なことに、エドマンドには効いた。ほんのりと温かい母のうそは、エドマンドに本物の元気をくれた。

母はどこか不思議そうにエドマンドを見つめている。

「何か、いいことがあったの?」

「変な子がいたんだ」

エドマンドは母の枕元に両ひじをついた。

「変な、子?」

「さっき山羊小屋でね。ぼくが泣いたら、背中を撫でてくれたんだ」

母は目を細めた。

「優しい子ね」

「うん。ぼく、わかったんだ。あの子がそばにいれば、泣き虫じゃなくなる。だからぼく、あの子と結婚する。もう心配しないでいいからね」

母は微笑《ほほえ》みを浮かべながらエドマンドを見つめている。

よく顔を覚えておきたいというように、ただしみじみとエドマンドを見つめていた。もう声を出すのさえつらいのかもしれない。ついこの間までのびやかな声で楽しそうに歌ったり、その歌に合わせて軽やかに踊ってみせた母が、今は枕に頭を置いたまま、ごめんねと詫《わ》びた。

「もう一度、あなたの好きなお菓子を、作ってあげたかった」

何か言うと、また泣いてしまいそうだ。エドマンドは唇をかんでこらえた。

涙を見せたくない。

エドマンドは母の枕元に顔を伏せた。もうこれ以上病気の母を心配させたくない。だが、本当は泣きたくてならなかった。何もかも不安でならない。

「大丈夫よ」

母はやせ細った手を、エドマンドの背中に置き、声を振り絞った。

「大丈夫よ。エドマンド――ちょっぴり泣き虫だけど、あなたほど強い泣き虫はいない」

*

明くる日の日暮れ前、エドマンドの母の息は絶えた。
優しかった王妃の死を悼《いた》み、イングランド中が深い喪に服した。

一

回旋してきたのは片刃の戦斧《せんぷ》だ。

体勢を崩しながらかろうじてそらすと、凶暴すぎる北欧の武器はエドマンドの鼻先をかすめてぬかるみにめり込み、激しい泥しぶきを上げた。

あわてて斧《おの》を引き抜こうとしたデンマークの大男がやや手こずった。息が上がっている。激しく上下するそのみぞおちを渾身《こんしん》の力で蹴り上げたエドマンドは、跳ね起きるなり男の戦斧を踏みしめ、長剣を構えて、敵に目をくれた。

ようやく決着がついた。鉄斧も丸盾も失い、腰が引けた大男が、泥まみれの金髪を振り乱しながら逃げていく。エドマンドも顔の泥を長剣を握る拳でぬぐった。唇の上に鉄と血の交じった苦さが残ったが、もはや不快とは感じない。

(兄さんは――)

周囲の喧騒《けんそう》が耳に戻ってきた。鎖帷子《くさりかたびら》が鳴る音、鋼《はがね》と鋼が激しくぶつかり合う音、雄叫《おたけ》び、耳をつんざくような断末魔《だんまつま》の悲鳴。泥地に飛び散る音と、倒れ込む音。苦悶《くもん》のうめき声。乗り手を失った馬たちがいななきながら狂ったように走り回る地鳴り。

いたるところで、男たちが殺し合っていた。いったいどのくらいの時間こうしているのだろう。昼なのか夕暮れが近いのかさえおぼつかない。垂れ込めた黒雲からは、今にも雨粒が落ちてきそうだ。

兄の姿がどこにも見えない。

愛馬の名を呼び指笛を吹いたが、こちらも駆けつけてくる姿はない。少し離れたところの乱闘が目に入り、叫ぶと同時に走りだした。「シガファース！」

手出し無用――兄貴分である青年貴族シガファースが、不敵な片笑みを返してきた。エドマンドは他の敵を求め、剣を下げたままぬかるみをがむしゃらに踏み進んだ。とはいえ、もはや剣はいつ折れてもおかしくないただの鉄の棒だ。途中、イングランド兵が一人断末魔の苦しみにもだえていたのを助け起こしたが、してやれることは何もなかった。腕の中で頭を垂れるのを看取《みと》り、短く祈ってまた泥の上に横たえてやっただけだ。

イングランドかデンマーク、どちらがより多くの死体をこの戦場に埋めることになるだろう。優勢なのはどうやらデンマークだ。

（ここが死に場所か）

日暮れまでには自分も泥にまみれて息絶えるだろうに、二十歳のエドマンドは痛快でさえあった。指揮官である兄王子アゼルスタン以下、勇敢な貴族たちや騎士たちと策を練り、思いつく限りの備えをし、士気を存分に高め合った。力及ばず、勝利を収めることができなかったのは悔しいが、信頼できる盟友たちと共に、こうして最後の最後まで戦い抜くことができた。惨敗ではない。イングランドの意地を見せた。

（やり遂げた――悔いはない）

西暦一〇一三年。

再び大船団を組んで北海《ほっかい》を押し渡ってきたデンマーク軍に、イングランド軍はとうとう追い詰められた。戦場に立ちたがらない父王の代わりに、『戦う王子』の異名を持つアゼルスタンが王軍を率いて防戦してきたが、どうやら結末は見えた。

「兄さん」

二人相手に斬り結んでいる兄王子アゼルスタンをようやく見つけて走り出そうとしたそのとき、一頭の馬が人恋しげに駆け寄ってきた。呼んだ声がなんとか届いたらしい。愛馬の泥のついた鼻面がエドマンドを笑顔にした。「戻ってきてくれたか」

エドマンド同様かすり傷だらけだが、幸いどこにも異常はなさそうだ。鞍《くら》にまたがりアゼルスタンの元に駆けつけると、十一歳下の弟を見た兄は感心して笑いだした。

「まだ生きていたな」

激高した敵が横から襲いかかったが、エドマンドが手をかすまでもない。柔らかく敵の剣を受けたアゼルスタンはそのまま右に流した。すれ違いざま、相手の胴があいた。払ったのはもちろんアゼルスタンの愛刀『オファの剣』だ。七王国《ヘプターキー》時代の伝説のマーシア王オファが帯びたという細身の鋼の刃先を小気味よく返したアゼルスタンは、もう一人が打ち込んできた剣の下を難なくくぐって懐に入り、相手の胴を串刺しにした。

いつものことながらエドマンドはほれぼれした。体格で勝る相手を、舞踏のように翻弄《ほんろう》しながら一太刀で仕留めたアゼルスタンは、息も乱さずに立ちあがった。その立ち姿の美しいこと。

「動いたぞエドマンド」

「え？」

兄の視線の先を追ってあわてて振り向いたエドマンドは、落ちだした大粒の雨の中、目をこらした。

はるか離れた戦場の一角、小高い丘のふもとに陣取っていた敵部隊が、満を持してゆるゆると下りだしている。

エドマンドはうめいた。「くそ、今ごろ動いても」

「せいぜい暴れろ」

まだ息のある敵の胴から鋼を引き抜いたアゼルスタンは、血のりと肉片を振り払った。そしてふだんとかわらぬ清々《すがすが》しい笑顔で弟に別れを告げた。

「戦死者の館《ヴァルハラ》とやらであおう」

兄さん、とエドマンドは敵軍が下る斜面を凝視したまま尋ねた。

「どうなる？　もしあそこまで回りこめたら」

アゼルスタンも無念そうに斜面をもう一度振り返った。「だが、回りこませるはずだった別働隊はとっくに散開した。陣形も崩れてこの有り様だ」

「でも、もし回りこむことができたら――」

エドマンドの足はすでに馬の腹を蹴っていた。兄の声が追ったが耳に入らない。アゼルスタンには新たな敵たちが襲いかかったが、それさえエドマンドにはわからなかった。

（敵将はあそこだ）

デンマーク軍を率いる将――おそらくデンマーク王は、あの小高い丘から戦場を見下ろし指揮を執るに違いない。そうイングランドの貴族たちは意見を一致させていた。丘の向こう側は、テムズ川が削った断崖に守られている。この天然の要害を、一足先に戦場に入り陣を敷いたデンマーク王が見逃すはずがない。

遅れてこの泥地に布陣したイングランド軍は、歩兵の数では劣っていたが、馬の数では圧倒していた。ならば、この丘を守る敵歩兵部隊をなんとか前に誘い出して、守備が手薄になった王の本陣を、背後から騎馬兵に急襲させ突破口を開きたい。アゼルスタンは地形を読みこみ策を練り、ひそかに回りこませる別働隊のための陣形をたてた。イングランドの戦士たちも指示どおり動き相手の動きをうまく誘った。敗退すると見せかけては相手に追わせようとしたが、丘を守るデンマーク軍は一つ岩のごとく、頑《がん》として動かなかった。

ところが今、崩れだしたイングランド軍にとどめを刺そうとしてか、ようやくデンマーク軍が丘を下りだしている。

丘の上で指揮を執っていた王がいっしょに下るにせよ、丘にとどまるにせよ、周囲の守りは手薄になっているに違いない。エドマンドは馬を全力で駆けさせた。まっすぐ丘を目指さず、兄アゼルスタンが当初策したとおりに、横から大きく回りこもうとした。

豪雨になった。

降り荒《すさ》ぶ雨の中、男たちは相変わらず互いの命を奪い合っている。

だが、馬が駆けるべきまっすぐな道が、エドマンドの目にははっきりと見えた。馬は泥を豪快に蹴り上げながら駆けに駆けた。あたりの戦士たちはこの矢のような単騎を追うどころか、止めることさえできない。

自分一人で何ができるのか、それは考えなかった。考えていたことはただ一つ。

（兄さんが狙っていたとおり、回りこんで、背後から横腹を突く――）

主戦場を一気に抜け出てテムズ川の流れが見下ろせる場所に出ると、左手に見える丘に続く急な斜面を登った。岩は濡《ぬ》れて滑りやすく、右手は川に落ち込む急峻《きゅうしゅん》な崖だ。馬がいやがるほどの岩場は何度も鞍から下り、自ら巨岩をよじ登っては手綱《たづな》を引いて馬をはげました。あたりに兵の姿はない。もしいたとしても間違いなく敵兵だ。

なんとか険しい岩場を登りきり、ようやく視界が開けると、丘の頂《いただき》に近いところにいた。雨でやや靄《もや》がかかっているものの、戦場になった泥地全体が見渡せる。

ゆっくり攻め下っていく敵兵たちの背中がやや遠くに見えた。あれが敵の最後尾だ。その手前――エドマンドの足元に三騎。少し開けた草地で馬にまたがったまま、眼下に広がる戦場の様子をながめている。

真ん中の男が、輝くような白テンの毛皮をはおっていた。兜《かぶと》をかぶっていない。いきなりエドマンドを振り仰いだ。

若い。

デンマーク王ではない――と思ったときにはすでに、エドマンドはころげるように駆け下る馬の上で剣を抜き放っていた。

標的である青年が動じる様子はない。が、その両隣の騎士はおおいにうろたえた。いったいどこから舞い降りてきたのかと。まさかあの断崖を、馬で――？

エドマンドの渾身の一撃を、剣のさやでかろうじて受けた青年は、そのまま鞍からころげ落ちることでなんとか斬死を免れた。すかさずあびせかけた二撃目が直撃するはずが、そばにいた騎士がかろうじてかわりに剣で受け、受けきれず右腕を失った。

青年がうなり声を発した。「名乗れ」

「イングランド王エセルレッドの息子、エドマンド」

やや意外だったらしい。「アゼルスタンではないのか?」

「幸運だったな」

エドマンドは目を細めた。「兄だったらおまえは今ごろヴァルハラにいる」

馬上、エドマンドは長剣を構え直した。

青年がぬかるみを両足で踏みしめながら剣を抜くと、澄んだ金属音がした。

その剣はまだ血に濡れていない。

「デンマーク王スヴェンの息子、クヌート」

これがクヌート――エドマンドは濡れた柄《つか》を握る両手に力を込めた。

もう一人の騎士が馬を寄せエドマンドに襲いかかってきた。初老の騎士で腕力は劣るが、その分老獪《ろうかい》で、剣を合わせながらエドマンドの馬の急所を思い切り蹴りこみ、馬が身をよじると同時に左手で短刀を抜きざまエドマンドを突いてきた。手首をつかんでエドマンドがなんとかかわすと、老騎士は右手の長剣を投げ捨て、エドマンドの手首をしっかり右脇に抱え込むなり、そのまいっしょに鞍からころげ落ちた。

肩から地面に叩《たた》きつけられながら、エドマンドはしまったと歯がみした。この瞬間、立っているクヌートが斬りかかってくるはずだ。跳ね起きようとして目が合った。

クヌートは一歩も動いていない。

「立てエドマンド」

起き上がったエドマンドは片ひざを立てクヌートを見た。

年はそれほど違わない。二十歳そこそこの彼がこのデンマーク軍を指揮しているのだとしたらたいした力量だ。だが、クヌートにも兄王子がいる。

（おれと同じ第二王子か）

自分がこの状況を楽しみ始めているのにエドマンドは気づいた。

デンマーク軍もイングランド軍も獣に戻って泥沼で殺し合っているというのに、クヌートだけがまだまともだった。敵ながら見事な男ではないか。一対一で、正面から立ち合いたい。

「手を出すな」

敵王子エドマンドがあまりにもすらりと命じたので、初老のデンマーク騎士は哀れなほど混乱した。敵のそんな命令を聞いていては戦にならない。

だが、若いエドマンドのひたむきな何か——少なくとも威厳《いげん》ではない何かに打たれた老騎士は、思わずクヌートの顔を見た。クヌートは破顔した。

「そうだな爺《じい》——そこでしばらく見ているといい」

二人は静かに間合いを読み合った。

幸い、爺と呼ばれた初老の騎士は落馬したときどこかを痛めたらしく、手を出したくても出せないようだ。エドマンドは剣を構えてにじり寄りながら、ふと不思議な感じがした。これまで積んできたすべての鍛錬、厳しい経験は、すべてこの瞬間のためか。

(この相手を倒したい)

自分でも聞いたことがない咆哮《ほうこう》が喉の奥――腹の底から吹き出した。叩き斬ろうと渾身の力で打ち込むと、受けたクヌートが柔らかくひざを使って力を大地に逃した。暗闇なら火花が見えたかもしれない。手のひらがびりびりとしびれたままつばぜり合いになった。時間が惜しいとばかりにクヌートが蹴り飛ばし、無理矢理間合いをあけられ、また打ち合った。

呼吸だけが聞こえた。だが、自分の呼吸なのかクヌートの呼吸なのか定かではない。

クヌート以外、何も目に入ってこなかった。彼のまばたきでさえ空気の振動で読み取れるほど感覚が研ぎ澄まされている。クヌートを倒したい――いや倒す。必ず倒すと心で念じ続けた。間違いなくこれまで立ち合った中で最も強い。腕力や身体《からだ》のばねのすごさだけではない。心が静まりかえっているのがわかる。

(すごいやつだ)

神に助けを求める気にはなれなかった。自分が神に愛されているなら、クヌートもまた愛されているはずだ。持てる力のすべてを出しきらねば勝つことはできない。

惜しいことに、デンマーク軍の最後部がこの異変に気づき始めた。後ろに控える指揮官クヌートが未知の敵に急襲されている。驚いた歩兵たちがばらばらと駆け上がってきてエドマンドを取り囲んだ。もはや一騎打ちどころではない。馬も敵兵に手綱をとられてしまった。

ここまでか――エドマンドの脳裏をいまさらながら死がかすめた。

不思議と、こわくはなかった。さすがはアゼルスタンだと思っただけだ。

(兄さんが言ったとおりだ。やはり無理だった。もう少しだったけれど)

思い残すことはほとんどない。やり残したと思えることもないのは、まだ何事にも手をつけていなかったからだろう。しいて言えば、今、もう少しだけクヌートと立ち合っていたかった。きっとクヌートも同じ気持ち――悔しいはずだ。

何事かと駆け戻ってくる敵兵の数がどんどん増えてくる。いい傾向だ。こうなったらここで少しでも長く抵抗を続け、デンマーク軍の最後尾を混乱させたい。もしこの混乱が全体に及べば、アゼルスタンが逃げ延びるチャンスだって生まれるかもしれない。

(兄さん)

アゼルスタンなら必ず巻き返し、デンマーク軍を北海の彼方《かなた》に追い返してくれる。エドマンドは最後の力を精いっぱい出しつくし、鬼神のごとく暴れまくろうと、目の前の敵を叩き斬ることだけを考えた。

しかし、所詮は多勢に無勢。剣が空を切るたび、容赦なく力が失われていく。しばらくして、頼りの握力がおぼつかなくなってきた。エドマンドはいよいよ死を覚悟した。

(兄さんは、戦場を脱出できただろうか)

ひざをついたら、そこが間違いなく死に場所になる。ふらつく足元をなんとか踏ん張って、一秒でも長く立っていようと気力を振り絞ったとき、蹄《ひづめ》の音が聞こえた。一騎、こちらに猛然と突っ込んでくる。

(だめだ、もう受けきれない――)

エドマンドがとうとう観念したそのとき。

「なぜ誘わない」

腕をつかまれ、そのまま力任せに鞍の上に引きずり上げられた。

「楽しいことを思いついたら、一声かけるもんだ」

「シガファース！」エドマンドは兄貴分の背中に夢中で抱きついた。

見ると、少し離れたところでは美丈夫で知られるイースト・アングリア伯トスティーグが、敵歩兵を蹴散らしては悪態《あくたい》をついている。

「まったく、蠅《はえ》みたいにエドマンドにたかりやがって――！」

シガファースとトスティーグに続いてイングランドの騎馬兵が丘の頂から駆け下りてくる。皆あの厳しい岩場をよじ登ってきてくれたのだと、エドマンドは申し訳なくもうれしくて泣きそうになった。ちょうどはぐれ馬が来たのでとらえ、エドマンドがそれに乗ると、シガファースが「離れるな」と釘《くぎ》を刺した。「おまえを見てうれし泣きするアゼルスタンの顔が見たい」

ようやくあたりを見回す余裕ができたエドマンドは、あわててあの男の行方《ゆくえ》を目で追った。クヌートらがすでに斜面を駆け下り、本隊の最後尾に合流しようとしているのが遠くに見えた。というのも、さすがに身の危険を感じたのだろう。

エドマンドはシガファースの背中に叫んだ。「デンマーク軍を率いているのはクヌートだ。さっきまでここにいた」

「なんだって？」

「名乗り合ったんだ。あの白テンのマントが――」

その時だった。丘を下りデンマーク軍の本隊に合流しようとしていたクヌートがこちらを振り向いた。

これほど距離があるというのに、エドマンドには目が合ったように思えてならなかった。

先ほどまでの荒々しい激情が嘘のように去り、エドマンドは切なさにも似た思いに包まれた。もっと彼と剣を合わせていたかった。次はいつ会えるだろう。またこんな戦場で？　いや、また会うことがあるだろうか。

周りにイングランドの騎士たちが馬を寄せてきた。一人として返り血を浴びていない者はいない。トスティーグは、年の離れた弟でも見るようにエドマンドをにらんで苦笑した。

「まったく――岩登りさせるとはな」

シガファースはトスティーグと申し合わせるまでもなく馬を並べ、目と目を見交わすと、いきなり先を競うように丘を駆け下り始めた。男たちがとんでもない気勢をあげながら後ろに続く。

実際にはたった数十騎の攻撃だったが、決死の覚悟の敵にいきなり背後を突かれたデンマーク軍にわずかな動揺が走った。この機を、『戦う王子』という異名を持つアゼルスタンが逃すはずがない。崩れかけた部隊をまとめようと最前線で声をあげ剣をかざすと、なんとかここまでこらえていた騎士たちの生き残りがアゼルスタンと共に死のうと集まってきた。

「押し戻す」

すでに勝負はついたと思い込んでいたデンマーク軍の心にはゆるみがある。イングランド軍がいつの間にか息を吹き返し、しかも自分たちを前後で挟んでいると気づいて浮き足だった。混乱に乗じてさらにアゼルスタンは攻めた。攻めつつも、デンマークの軍船が沖で待つ港のほうに敵を追い込むことを忘れなかった。

形勢は逆転した。勢いを取り戻したイングランド軍は逆に追う立場にたった。だが深追いする余力はない。ぴたりと兵を止めたアゼルスタンの笑顔を見た兵たちは、ようやく自分たちが勝利し生きのびたことを実感し、喜びの雄叫びを上げた。

合流したシガファースがアゼルスタンに叫んだ。「クヌートだ」

「クヌートだと?」

シガファースの後ろでエドマンドがうなずくのを見て、アゼルスタンは眉を曇らせた。

「ならばスヴェンはどこだ」

もしこの軍を率いているのが王子のクヌートならば、無類の戦好きで知られるデンマーク王スヴェン一世はいったいどこにいる?

そこに、道をあけろと怒鳴《どな》りながら早馬《はやうま》が駆け込んできた。

「ロンドンからの急使!」

瞬間、最悪の展開がアゼルスタンたちの頭をよぎった。こうしてここで戦っている間に、スヴェン一世がひそかに艦隊を回し、直接王都ロンドンを襲ったのに違いない。

ローマ時代の堅固な城壁に守られているとはいえ、イングランド軍の主力部隊はここにいてロンドンの守備は手薄だ。皆ぞっとしながら、悪い知らせをきく覚悟を決めた。

だが実際ロンドンで起きていたのは、予期したものよりもっと悪い、驚愕《きょうがく》の事態だった。

「国王陛下が——」と、思わず絶句したのは、ロンドンを守るため残った老貴族ローフからの使者だった。「陛下がロンドンを離れられました」

「落ちたのか、ロンドンが」

「いいえ、そうではありません。敵兵などまだどこにもおりません」

「どういうことだ」

それが——と使者は無念のあまり涙声を吐き出した。「陛下は、ノルマンディーに」

「ノルマンディー？」

耳を疑うとはまさにこのことだ。「しっかり話せ。どういうことだ。いつのことだ」

「一昨日です。我々が気づいたときには、すでに船に乗り込まれたあとで」

しまった——男たちは呆然《ぼうぜん》とし二の句を失った。

アゼルスタンとエドマンド兄弟の父であるイングランド王エセルレッドは、近年、戦場に立つのをひどくいやがるようになった。王太子アゼルスタンが戦上手なのをいいことに、最近では戦場にも来ずロンドンで留守を預かることがほとんどだった。

苦しい戦況が数ヵ月続き、よほど身の危険を感じたのだろうか。あろうことかイングランド王が王都ロンドンを捨て、海峡の向こう、フランス領ノルマンディー公国に亡命してしまうとは。

アゼルスタンは苦く笑った。

「やられたな」

シガファースたちはそれどころではない。悔しがり、地団駄《じだんだ》踏みながら口々にののしった。

「くそ、エマめ」

王妃エマ——別名『ノルマンの宝石』。

ノルマンディー公の実の妹で、イングランド王はこの若く美しい後妻を盲愛《もうあい》していた。彼女が甘い声音で夫をたぶらかし、幼い王子をも連れて実兄の懐に舞い戻ったということだ。無論、知略家のノルマンディー公が機を見て亡命させるよう妹に指示を出したのに違いない。

シガファースが歯がみした。

「おれたちがまだここで——戦場で命のやりとりをしているというのに——」

王の不在は、すぐ知れ渡るはずだ。主《あるじ》を失ったロンドンにデンマーク軍は何の抵抗も受けず入城するだろう。王位はどうなる——市民たちは——一同、衝撃を受け声もなかった。

かろうじて勝利を得たというのに、いったいどこに帰ればいいのだ。

＊

イングランド王国は、苦境にある。

今に始まったことではない。ここ数十年もの間、北欧デンマーク王国のどう猛な攻撃に耐え続けてきた。近年では、まとまった退去料《デーンゲルド》を支払って、戦うことなくデンマークに引き上げてもらう惨めな有り様だ。

そこに、ドーバー海峡の対岸から助けの手がさしのべられた。ノルマンディー公だ。

ノルマンディー公国は、フランス王国の一領土にすぎない。つまり、ノルマンディー公はフランス王の臣下の一人である。

しかし近年、経済力、武力共に、君主であるはずのフランス王をはるかにしのぐ勢いがあった。苦境にあったイングランド王は、喜んでノルマンディー公の手を握り、公の美しい実妹エマ——別名『ノルマンの宝石』を正妻として迎え入れた。十一年前、一〇〇二年のことである。野心あふれるノルマンディー公が麗しい実妹を使い、戦わずしてイングランドを自らの公国の一部に取り込もうとしているのは誰の目にも明らかだった。

そして今回。

デンマーク軍の執拗《しつよう》な侵攻を受けたイングランド王は、王妃エマに手を引かれるまま王都ロンドンを捨て、ノルマンディーに亡命してしまった。

投げ出された王冠を、デンマーク王スヴェンは苦もなく拾った。そしてイングランド王として即位した。

*

年があけて一〇一四年。

スヴェンがロンドンで急逝した。

情報源によって死因は異なり、馬から落ちて死んだとも、病による突然死だったとも伝えられた。いずれにせよ、イングランドを欲し続けた凶暴なデンマーク王のロンドン滞在は、わずか五週間で幕を閉じた。

北ヨーロッパは大混乱に陥った。

母国デンマークでは、長男ハーラル二世が王位を継いだ。

だが、隣国ノルウェーは決起し、デンマークから王位を奪い返した。背後でノルマンディー公の援助があったのは間違いない。ノルウェーを失ったデンマークの国力は大きくそがれた。

イングランドの王位も宙に浮いた。

新王ハーラルは、当然イングランドの王位をもいっしょに継ごうとした。だが、実際イングランドで軍を率いて戦っているのは弟王子のクヌートだ。

アゼルスタン率いるイングランド軍は、まだまだしぶとく健在している。

軍の内部から声があがった。

「イングランドの王位は、クヌートが継ぐべきでは？」

デンマーク本国の兄王と、イングランドで軍を率いている王弟クヌートの関係が、微妙にこじれた。

そこに抜け目なくノルマンディー公がつけこんだ。

「イングランドの王には、ノルマンディーに亡命中のエセルレッドが復位するべきだ」

デンマーク軍船の補給基地は、ノルマンディーにある。ノルマンディー公国やデンマーク本国の援護なしにクヌートが戦い続けることはできない。

結局クヌートは不本意ながらも軍をまとめ、デンマークに引き上げざるを得なくなった。

ノルマンディー公に送り出されたエセルレッド王は、何事もなかったかのようにロンドンに戻り、イングランドの王座に復位した。

もちろんそのかたわらには、ノルマンディー公の実妹エマ――『ノルマンの宝石』が美しい笑みを浮かべて寄り添っている。

*

武装したまま地方を転々としていたアゼルスタンやエドマンドたちは、ほぼ二ヵ月ぶりにロンドンに戻り、復位した父王と再会を果たした。

王は一同の奮戦をねぎらった。

しかし、エドマンドにはどこか違和感があった。この生まれ育った王宮の、慣れ親しんだ謁見室が、違う場所のように感じられてならない。どういうわけか、父の玉座が前より遠く感じられるのだ。空気が違う。父王本人も明らかに風貌がかわっていた。体重が増しただけではない。エドマンドの母が生きていたころの父とは別人のようだ。

（きっとノルマンディーから戻られたばかりだからだ。たいしたことじゃないさ）

だが、父王を取り巻く貴族たち――亡命した王のあとを追ってノルマンディーに渡り、優雅に過ごしてきた貴族たちがこちらを見る目は明らかに冷ややかで、アゼルスタンと共に野戦を続けた貴族たちはますますおもしろくない。

やれやれとエドマンドは苦く思った。

（この溝は、簡単には埋まらないぞ。どうする）

王の前を辞した一同の足は、ごく自然にアゼルスタンの執務室へと向かった。皆憤りを抑えられない。

「陛下がこのロンドンを捨て、船でノルマンディーに逃げた時、おれたちはまだ戦場で戦っていたんだ」

悔しげに吐き捨てたのはシガファースの兄モアカーだ。「スヴェンがイングランド王を名乗ったときの屈辱を、おれはけして忘れん」

「だが陛下はもうノルマンディー公に頭が上がらない」

トスティーグがどこかあきらめたようにつぶやいた。

アゼルスタンはじっと聞いていたが、結局何も言わなかった。同意すれば火をつけることになる。かといって下手に抑えれば、かえって王への反感を募らせるだろう。さすがは兄さんだとエドマンドはあらためて思った。一番悔しいのは、多くの手兵を失ったアゼルスタンのはずだ。

しばらくして、父王から使いがきた。とりあえずアゼルスタンとエドマンドをねぎらう身内の食事会をひらくから、二人に今夜顔を出せという。

身内――といっても、母が生きていたころとは事情が違う。エドマンドたちは招かれた客扱いだし、エマがすすめてくるものには気をつけろとモアカーたちはしきりにおどかした。

「毒？　まさか」

「いいかエドマンド、あの外見にだまされちゃだめだ。エマは稀代《きたい》の悪女だ。アゼルスタンやおまえが毒を盛られてからでは遅い」

しかし夜になってアゼルスタンと共に食堂に行ってみれば、テーブルの上は見慣れぬノルマンディーの料理ばかり。

「実はな、ノルマンディー公の料理人を連れて帰った」

うれしそうに自慢する父王に、どうしたものかとエドマンドはごちそうをながめながら立ち尽くした。だがアゼルスタンはまるでためらうことなく席につく。

そこに衣擦《きぬず》れの音がして、エマが静かに入ってきた。

空気が芳《かぐわ》しく入れ替わると同時に視界が一気に華やぎ、エドマンドは思わず目をそばめた。

（くそ、なんてきれいなんだ）

エドマンドの母王妃が亡くなった数年後、エマは父王の二人目の王妃としてドーバー海峡の対岸から嫁いできた。十七歳だったエマはすでに当時『ノルマンの宝石』と呼ばれ、フランスの詩人たちがこぞって称賛していた。その美貌を目の当たりにしたエドマンドはまだ九歳で、ただただうっとりしたものだ。

あれから十二年。こんな辺境の島国に嫁いだというのに、その輝きは衰えるどころか増すばかりで、今回ノルマンディー公国に一時帰国したエマは、実兄であるノルマンディー公をはじめ故郷の人々を驚かせ、不思議がらせたという。

そんな妻にぞっこんの父王が、食材の説明をしながら上機嫌で盃《さかずき》を手にした。ちょうど瓶が目の前にあったので隣のエドマンドがワインをついでやった。

するとエマがそっと手を伸ばし、自分のそばの瓶を取って隣のアゼルスタンの横顔をうかがったではないか。

義理の息子にあたるとはいえ、アゼルスタンはエマより三歳年上だ。こちらをついでよろしいでしょうかとアゼルスタンにうかがう美しい瞳が揺れている。自分の酌するワインを飲む勇気があるか、アゼルスタンを試そうというのか。

優美な白い指がかすかに震えていた。エドマンドは思わず声をあげた。「兄さん」

「なんだ」

どうして自分が兄にこれほど不快そうににらまれるのか、エドマンドにはわからない。

飲まないほうがいいのでは――とエドマンドが忠告する間もなく、アゼルスタンはエマにワインを注がせ、一息できれいに飲み干した。その間一瞥《いちべつ》もエマにくれなかった。

「クヌートは手強《てごわ》い」

と、対峙《たいじ》したばかりのデンマーク第二王子の名を出した。

「死んだスヴェンも獰猛《どうもう》な武将でしたが、クヌートには知略を感じます」

父王には戦場の話がおもしろくなかったらしく、渋い顔になった。

「まだ若いのだろう?」

「ええ」

アゼルスタンは見たこともないノルマンディー料理を無造作《むぞうさ》に口に放り込んだ。「エドマンドと年はそうかわりません。剣を交えたそうです」

まあ、とエマが息をのみながら、その瞳を恐ろしげにエドマンドに向けた。

「その、クヌートとやらと?」

エドマンドはうなずいた。

「少しだけです。決着はつけられませんでした」

どこを思い返しても暴力的で、目も当てられない惨状だった今度の戦だが、あの場面だけはなぜか清々しい記憶としてエドマンドの中に残っている。

父王は冷ややかに微笑んだ。「泣き虫エドマンドがなあ」

「父上」

アゼルスタンは低い声に力を込めた。「今回の戦、誰に聞いても口を揃《そろ》えて言うでしょうが、このエドマンドのめざましい働きがなければ、絶対に挽回《ばんかい》できませんでした。もう子どもではありません。エドマンドは立派な武人で、どんな大きな部隊でも率いることができます。私も片腕としてますますエドマンドを頼りにするので、どうぞ父上も存分に頼りにしてください」

エドマンドの全身を感動が熱く駆け巡り、声もなかった。尊敬してやまない兄であり『戦う王子』という異名を持つアゼルスタンに、父王の前で認めてもらえた。これからもますます励まねば——。

「わかった」

父王がしぶしぶうなずくと、アゼルスタンは悠然と食べながら続けた。

「デンマークの国内が落ち着き次第、新しい王はすぐまた兵を動かしてくるでしょう」

「確かか」

「はい。率いてくるのが王弟クヌートであろうがなかろうが、ロンドンの防備は考え直さねばなりません。どうぞ評議会に働きかけ——」

「あのやりての評議会議長は、どうも『戦う王子』が苦手のようだな」

父王はにやりとした。

ロンドン市の評議会を代表する議長のライアンは、ロンドン一の皮革加工商だ。

先日アゼルスタンが彼を王宮に呼び出したとき、エドマンドもその場にいた。凄腕《すごうで》の豪商だが、老人ではない。まだ三十半ばでアゼルスタンと年ごろはほとんどかわらない。

ライアンは、『戦う王子』アゼルスタン相手にすんなり首を縦に振ろうとしなかった。その尊大な姿は、エドマンドを驚かせ、不快にした。

アゼルスタンほどの王子を、どうして敬《うやま》おうとしないのだろう。

(ノルマンディー公国との商いのほうが大事なんだろうな)

アゼルスタンは苦笑しながら、ライアンとそりが合わないことを認めてうなずいた。

「ですから、お手数ですが、父上自ら評議会に働きかけていただき――」

アゼルスタンがふと口を閉ざした。

その視線を追うと、食堂と廊下の間に垂らされた帳《とばり》の隙間から誰かがのぞいている。

両眼が赤い。

アゼルスタンに目で指示される前に、すでにエドマンドは席を蹴っていた。侵入者はあわてて逃げようとしたが、エドマンドに手早く捕らえられた。

「こら、子どもが起きてる時間じゃないだろう」

「だってやっと異母兄《にい》さんたちが帰ってきたのに――」

エドワードは十歳。

エマが産んだ王子で、先天性白皮症《アルビノ》だ。髪が白金色で、眼球が赤い少年を有無を言わさずアゼルスタンの前に連行すると、アゼルスタンは静かに尋ねた。

「ノルマンディーはどうだった」

エドワードは悔しそうに赤い唇をかんだ。

「みな、ぼくを見て驚いたり、目をそらしたり――」

「当然だ」

アゼルスタンはうなずいた。「で、おまえはどうした。憤慨《ふんがい》したか。こそこそ逃げたか」

「いいえ」人一倍聡明な少年は薄い胸を張った。

「アゼルスタン異母兄さんにいつも言われていたから、あいさつして、きちんと自己紹介をしました。ノルマンディーなまりのあるフランス語《ノルマン・フレンチ》が結構通じた」

そうか、とアゼルスタンは目を細めうなずいた。

「しっかり勉強していたからな」

ほめられたエドワードは耳まで真っ赤になり、エドマンドまでうれしくなって後ろから異母弟を抱きしめてやった。アゼルスタンは優しく言いきかせた。

「初めておまえを見れば、誰でも驚く。見慣れないものに人が驚くのは当たり前だ。驚くあまり、おまえのことをどう思ったらいいか、何と声をかけていいかわからない。優しい人ほどなんと声をかけようかと悩むはずだ。だから、そんなときはおまえのほうからちゃんとあいさつして、教えてやればいいんだ。おまえはりっぱなイングランドの王子だとな」

アゼルスタンは立ち上がると、いきなりエドワードを天高く抱き上げた。きゃっとエドワードがうれしそうな悲鳴をあげた。

「ちゃんと鍛えていたか？」

父親みたいだ――とエドマンドはいつも可笑《おか》しく思う。

アゼルスタンは実弟であるエドマンドと同じくらい――時には明らかにエドワード以上にこの異母弟エドワードをかわいがり、気にかけていた。

エドワードが生まれ落ちてすぐ、先天性白皮症《アルビノ》のこの赤子を王子として認めるか、教会関係者が呼び集められ協議しなければならなかった。実の父親である王がさっさとあきらめたのに、アゼルスタンが強く押し切り、とうとう王子として認めさせたのだという。

（認められてよかった。エドワードほど聡明で優しいやつはいない）

そのエドワードを、アゼルスタンがエドマンドに抱き渡した。「寝床に放り込んできてくれ。こんな時間にふらふらしてちゃ大きくなれん」

そして十歳の異母弟に言い聞かせた。

「早く大きくなれ。大きくなって、イングランドを助けてくれ」

柔らかいアゼルスタンの表情を、久々に見る。名残惜《なごりお》しそうなエドワードをうながして、エドマンドは廊下に出た。

それほど子どもが好きなら、結婚して、自分の子どもをかわいがれば――そう兄に言ったことがある。王室だって後継者が必要だ。

そうだな、とめずらしく言葉を濁したのが、アゼルスタンらしくなかった。

「エドマンド様」

衣擦れの音に振り向くと、追ってきたエマがたおやかに目を伏せた。

「ご迷惑をおかけして申《もう》し訳《わけ》ありません」

「迷惑だなんて」

かといって、母親のエマが息子のエドワードを寝室に連れていくというわけでもないらしい。エマはエドワードには目もくれずにエドマンドと並んで歩き出した。

甘い香りがエドマンドの鼻孔をくすぐる。

エマは時々こういうことをした。

たいした用もないのに、八歳年下のエドマンドに近づいてきてはおしゃべりをしかけたり、時にはくすくす笑いながら身体を寄せてきたりする。

とにかく恐ろしくきれいなだけに、若いエドマンドは悪い気はしない。だが不思議に思い、何年か前、シガファースたちに聞いたことがある。エマはなんであんなことをするんだろう。

「なぜだと思うエドマンド」

逆にシガファースに真顔で尋ねられたエドマンドは、さあと首をかしげるしかない。

「おまえを愛人にしたいのさ」

衝撃的な答えに、まだ十代だったエドマンドはくらくらとめまいがした。

仮にも、義理の母親である。

「いったいなんで」

「決まってる。おまえとアゼルスタンの仲を裂くためだ」

一瞬ぽかんとしたエドマンドは、思わずはははと失笑した。

自分と兄アゼルスタンの仲を裂く？

「まさか」

「いや、あの悪女が本気になればわからんぞ。それほどの瞳だ。一種のメドゥーサだな。おれはあの目は見ないようにしている」

その美しい瞳がエドマンドの目の前で揺れている。

「お元気そうで、安堵《あんど》いたしました——本当にご無事でよかった」

エドマンドはあわてて目をそらした。

二

王宮は二つに割れつつある。

ノルマンディー公国との同盟をより強固にしようという貴族たちは『エマ派』と呼ばれた。中心となったのは王と王妃を取り巻く貴族たちだ。

ノルマンディー公のおかげで復位できた王にとっては、ノルマンディーとの同盟が前にもまして心の支えになっていた。公の実妹である王妃エマを頼ると同時に、美しい『ノルマンの宝石』に夢中で、もはや言いなりだ。王は、エマが産んだ王子エドワードを次の王にしたいらしいという噂《うわさ》まで聞こえてきた。それこそノルマンディー公の思うつぼだ。

一方。

このままむざむざノルマンディー公国の一部に取り込まれるくらいならば、いっそデンマークと結んでノルマンディー公と対決すべきだと主張する貴族たちは『デーン派』と呼ばれるようになった。

彼らにとっては、エマの産んだ王子が王位を継ぐなど断じて受け入れられない。第一王子であるアゼルスタンこそが正統な王位継承者であり希望の星だ。『エマ派』に対抗する旗頭として大きな期待を寄せた。

だが、当のアゼルスタンは、『デーン派』貴族たちの暴走を必死に抑えていた。

「今はイングランドの中で割れている場合ではない。割れれば必ず外敵につけ込まれる。下手をすればイングランドそのものを失いかねない」

王が復位して四ヵ月。

敵国デンマークでは、急死したスヴェンの跡を継いだ新王が再びイングランドに侵略する準備を始めたという。軍を率いるのはもちろん王弟クヌートだ。

再びイングランドは、凄惨《せいさん》な戦場になろうとしていた。

そんな最中――一〇一四年六月。

しばらく患っていた『デーン派』の重鎮ローフが、イングランドの先行きを憂いながら息を引き取った。

「まさか寝台の上で死ぬとはな」

かわいがってきたエドマンドに苦笑したのが、末期《まつご》の言葉になった。

＊

教会独特の重々しい空気の中、天に召されたローフのための祈りを参列者全員で静かに唱和していたときだ。

細い嗚咽が漏れたので、エドマンドは何気なくそちらに目をやった。

ローフのまだ年若い未亡人が、棺《ひつぎ》にすがり泣き崩れていた。親族が腕をつかみ立たせようとしたが直立できそうもない。

と、やや後ろにいた少女がそばにひざをついた。

そして、何も言わずに寄り添い、そっと夫人の背に両の手のひらを当てたではないか。

（あの子だ）

十年以上の月日が流れていたが、エドマンドには一目でわかった。

（あの子だ――山羊小屋であったあの子だ）

少女はただ寄り添い、その手は夫人の背にある。葬儀の最中でなければとっくに飛び出していただろう。エドマンドは隣のアゼルスタンの腕をつかんだ。

「あの子、ローフの家の子？」

葬儀中に不謹慎な、とあきれつつ、弟がいったいどんな娘に興味を持ったのかとアゼルスタンは小声で尋ねた。「どれだ」

「ほら、夫人のそばの栗毛《くりげ》」

アゼルスタンは、少し首を捻《ひね》った。「どこかで――いや、わからんな。外国から駆けつけた親族じゃないのか」

「イングランドの娘だ」

思わず力が入ってしまった。アゼルスタンはあきれ顔になった。

「話したことがあるのか」

「ずいぶん前だけど――」

そう、あれは母が死ぬ前の夜、もう十四年も昔のことだ。あのとき三歳だったとしても十七だ。結婚していてもおかしくない。エドマンドは急にいたたまれなくなった。

アゼルスタンは仕方なさそうに、たまたま斜め前に座っていたシガファースの背をつついた。むっとした顔で振り向いたシガファースの目が、厳粛な葬儀の最中になんだと怒っている。アゼルスタンが謝りながら言葉短かに耳打ちすると、シガファースは驚き、そして意外そうにアゼルスタンの顔をあらためて一度見直した。

それから、教えられた少女に目をやった。

しかし、シガファースにもまったく心当たりがなかったらしい。首をかしげながらアゼルスタンと一言二言小声でやりとりし、また前を向いて式に戻った。

エドマンドはもどかしかった。皆が先を争って娘を紹介しにくる王太子アゼルスタンにも心当たりがないし、顔の広いシガファースでさえ知らないなんて。いったいどこの家の娘だろう。人々の視線を釘付けにするような美人ではないが、そこそこかわいい年ごろの娘なのに。

（なんで二人とも知らないんだ）

あの夜、人声が近づくのを聞いたエドマンドは、あわてて山羊小屋を飛び出した。置き去りにしてしまった女の子のことをそれとなくいろんな人に尋ねたが、誰にも心当たりがなかった。

結局、女の子の身元はそれきりわからなくなってしまった。どれだけ悔やんだことだろう。

亡くなったロープには申し訳なかったが、エドマンドは式が終わるのをじりじりとこらえた。死者が地上での罪を許され永遠の安息を神に与えられることを皆で祈り、司祭が死者の冥福をしめやかに祈って、ようやく厳粛な式が終わると同時にエドマンドは席を立った。

ロープの親族が棺を囲んでいる。弔問客がさらにそのまわりを囲み、死者に最後の別れを告げていた。泣き崩れていた夫人のそばにあの子を捜したが、どういうわけか見当たらない。

（親族じゃないのかな）

「エドマンド様」

振り向いたエドマンドはあわてて目をそばめた。宝石のごときらめくメドゥーサの瞳がすぐ目の前にあって、エドマンドをうっとりと見つめている。

「どなたかおさがし？」

よせ、それ以上近づくんじゃない――と心の中で威嚇しながら、エドマンドはからりと答えた。「いや、逃げ出すところです。教会は苦手だ」

「まあ、いけない坊やね」

エマは甘く微笑んだ。「でも私も苦手」

つい引き込まれそうになるのをこらえて、エドマンドはなんとか笑顔であとずさった。

「苦手な割には今日もきれいだ。喪服も似合う」

「まあ」

失礼、と笑顔で逃れた。エマから何事もなく逃れるたびにほっとする。

（それどころじゃない）

引き上げる参列者たちの背中を追い、少女を捜したが、もうどこにもいなかった。

＊

「驚くなよ」

アゼルスタンが念を押したのは、その十日後のことだ。執務室に入ったエドマンドにあえて声を低め、静かに言った。

「シガファースがつきとめてくれた。あれはトスティーグの娘だった」

エドマンドはぽかんとした。

トスティーグ？

「違う。イースト・アングリアの館には何度も遊びに行ったけど、あんな娘が出てきたことなんか一度もない」

「ないな」アゼルスタンも認めてうなずいた。

「トスティーグは独り身だし」

「昔——まだ十代のころ、恋仲になった相手がいたんだ。気の毒に、何年かで死んでしまった。道理でどこかで見たような気がした」

初めて聞く話だ。おそらく身分が違ったのだろう。トスティーグの娘？

「ずっとイースト・アングリアの館にいたの？」

「そうらしい。だが十何年もの間、見せてもくれなかったし、話にも出なかったので、かわいそうにあの子も死んでしまったのかと、みんな思いこんでいた」

アゼルスタンは少しうらやましげに窓の外をながめた。「大事に育ててきたんだな」

それでもまだエドマンドには信じられなかった。

「トスティーグの娘——？」

イースト・アングリア地方の名門貴族トスティーグは、兄アゼルスタンの幼なじみであり、最も頼りにする盟友の一人だ。エドマンドのことも弟のようにかわいがってくれている。先日の戦のときも崖をよじ登って真っ先にエドマンドを助けに来てくれた。

これほど身近なところに、あの娘がずっといたなんて。

「まだ結婚話はないらしい」

アゼルスタンの表情に、かすかな困惑が浮かんだ。「どうしたい？」

エドマンドは答えに困った。

素性がわからなかったこともあり、この数日あの少女のことが頭から離れなかったのは確かだ。他の男に先を越されないためには、とりあえず婚約を結んで結婚するしかない。

だが結婚だなんて、まるで現実感がなかった。

（このアゼルスタン兄さんだって、まだ結婚してないのに――）

エドマンドが戸惑っていると、アゼルスタンがいきなり真剣な顔になった。

「トスティーグの家柄なら、イングランドでも指折りだ。おれたち王族との婚姻だって前例がいくつもある。だがそれより何より、トスティーグほど信頼できる男をおれは他に知らない。トスティーグを義理の父親にできるのなら、このおれが嫁にしようかと思うが、どうだ」

まさかの事態だ。エドマンドは息をのんだ。

（兄さんが？）

どうだもこうだも、あきらめるしかない。アゼルスタンが相手では、どれだけがんばろうがエドマンドに勝ち目はない。泣きたい気持ちをぐっとこらえると、アゼルスタンがくすりと目を細めた。

たちの悪い冗談だと気づいたエドマンドは口をとがらせた。

「気持ちはよくわかった」

アゼルスタンは椅子の背もたれに身体を預けた。

「だがなエドマンド。わかるだろう？　今やトスティーグは、『デーン派』貴族たちのリーダー格だ。『デーン派』を目のかたきにしている父上が、おまえとトスティーグの娘との結婚を許すはずがない」

エドマンドはむっとした。

アゼルスタンに腹を立てたのではない。父王が、兄や自分の言うことを何一つまともに聞こうとしないのが納得できない。「おれが誰と結婚しようが――」

「おれだって同じだ。好きな相手と結婚できるわけじゃない」

「兄さんは仕方ないだろ。次の王だし、おれなんかとは人間の格が違うから」

おいおいとアゼルスタンが笑った。「何が違うって？」

「違うさ。何もかも違う」

「そう違わないさ」アゼルスタンは肩をすくめた。「むしろおまえをやっかむことも多い」

「おれを？」

「そうさ。男も女もころりと参るだろ。この顔が、ちょっとにっこりするだけで――」

エドマンドの頰《ほほ》を愛情込めて捻り上げた。「この笑顔には、しっかり者の母上でさえめろめろだった。おまえがかご罠《わな》からネズミを逃がしているのがばれたときでさえ叱れなかった。だからおれも、母上に叱られそうなときはおまえをいっしょに連れていって、母上の前につきだしてくすぐったもんだ」

　それならエドマンドにも覚えがある。なんで自分がこわい顔をした母の前に引っぱっていかれ、いきなりくすぐられるのか、長い間わからなかった。

「あのころからおまえはおれの片腕で、なくてはならない大事な弟王子だ。そして、おれと同様、結婚相手を好きに選ぶことはできない。今回は相手が悪かった。かわいそうだが、あきらめるんだな」

　うん——と素直にうなずきたくない。

　アゼルスタンの机に、彼の長剣が立てかけてある。

　柄頭《つかがしら》に大きな貴石がはめ込まれた、通称『オファの剣』。七王国《ヘプターキー》時代の偉大な王マーシア王オファが携えたと伝わる名剣だ。やや小ぶりだが、『戦う王子』の異名を持つアゼルスタンにこれほどふさわしい剣はない。

　兄にあこがれ、兄の背中を追い続けてきたエドマンドにとって、アゼルスタンに口答えするなんてこれまで考えたこともなかった。

　しかし、今回だけは引き下がれない。

「おれが『デーン派』貴族の娘と結婚して何が悪い」

「エドマンド」

　アゼルスタンは静かになだめた。「わかっているはずだ。もし今おまえが父上の意に反して『デーン派』のリーダー格の娘を妻に迎えれば、『デーン派』はおおいに勢いづく。『エマ派』は黙ってない。必ず何か仕掛けてくる。いったん火がついて大きくなれば、手がつけられん」

「いいじゃないか。そしたら兄さんが『デーン派』を率いて『エマ派』を抑えればいいんだ」

「いずれはそうなる。ノルマンディー公とは必ず決着をつける。だが今じゃない。今はイングランドが一枚岩となってデンマークの襲来に備えるべきだ。でなければとてもイングランドを守りきれん」

アゼルスタンは弟を自分の椅子に座らせると、肩に両手を置いて言い聞かせた。

「ひびが入ってしまったカップを、割れないよう、おれたち二人でなんとか押さえてるんじゃないか。おれたちのどちらかがどちらかに肩入れすれば、たちまち真二つだ。イングランドを二つに割るわけにはいかない。今はそれどころではない」

「でも兄さん」

「気持ちはわかる」

アゼルスタンは一息つくと、窓の外に目をやった。

「おれはな、エドマンド。父上は立派だと思っている。十歳やそこらで王位に就いて以来、四十年近くもこの小さな島国を守り抜いてきたんだ」

自分に言い聞かせるように言葉をつないだ。「今は、あの宝石に目が眩《くら》んでいるだけだ。そろそろ現実も見てもらわねば」

「どうやって」

「策はある」

アゼルスタンは笑みを浮かべた。

「だから、焦るなエドマンド。ここさえ切り抜ければ、必ず道は開ける」

＊

五日後。

「アゼルスタン死す」という短い知らせがエドマンドに届いた。

その日エドマンドはロンドンを離れ、沿岸防備の任に就いていた。

すぐさまロンドンに駆け戻ることにしたが、腹立たしくてならなかった。いったいどこで誰が何をどう間違えば、こんなばかげた知らせになって自分の元に届くのだ。冗談ではすまされない。伝達系統を一から徹底的に検証し直さねば。

それでなくても、兄アゼルスタンに言いつけられている仕事が山積みだというのに、現場を離れるなんて——ロンドンの王宮に戻って顔を出したとたん、アゼルスタンにぽかりと頭を叩かれること間違いない。

（あるいは父上かな）

もし本当に王宮で何かあったのだとすれば、父王の方かもしれないとエドマンドには少し案じられた。先日あったとき、ますます肥えた様子だったからだ。あれでは馬はおろか、もはや馬車に乗ることとさえ容易ではない。

（エマが変な食べ物ばかりノルマンディーから取り寄せるからだ）

もっともっと父の身を案じてもいいようなものを、エドマンドの心は乾いていた。

ふと気づいた。

（おれは、父上の死を願っているのかな）

エドマンドは冷血漢ではない。むしろ逆で困るくらいだ。先日貴族の長老ローフが死んだと聞かされたときだって嗚咽をこらえられなかった。今もまだふとした拍子《ひょうし》にローフを思い出しては喪失感の大きさに泣きそうになる。

しかし今、父の身に何かあったかもしれないというのに、動揺も恐れもない。どうしても思ってしまう。

父王のかわりに兄アゼルスタンが王位に就けば、何もかもうまくいくのではないか？

（見下げ果てたやつだなエドマンド。もし母さまがいたら、なんと言われたか）

まだ母王妃が生きていたころ、父王はどしりと王宮の中央に構え、たくさんの貴族たちをまとめながら国政の舵《かじ》をとっていた。少年だったエドマンドは、駿馬をかって狩りや戦場に出向く父王を頼もしく見送ったものだ。母王妃はことあるごとに言っていた。父上様ほど立派なお方はいらっしゃらないと。アゼルスタンだって言っていた。父王は長年イングランドを守り抜いてきた立派な国王だと。

エドマンドは、父の死を願った自分を恥じ、強く責めた。

（父上にもっと国政の話をしていただこう。相談して、もっといろいろ教えてもらおう。そのためには、おれももっともっといろいろ勉強しないと――）

一日かけて馬でロンドンに戻り、王宮の門をいつものようにくぐり抜けようとした。顔なじみの門番たちに気さくに手を上げ合図した。

だが、いつもの笑顔も、おかえりなさいの明るい声も返ってこない。

(どうした)

門番たちは、エドマンドを見て硬い表情のままその場で姿勢を正した。そして右手拳を左の胸にぐっと押し当て、無言でエドマンドに忠誠を誓ってきたではないか。

儀礼的なその所作は、今まで王軍の最高指揮官であるアゼルスタンに対してだけ示されていたものだった。エドマンドの背筋に、ぞっと冷気が走った。

「よせよ」

男たちのひきつった顔に涙の跡がある。

(まさか――本当に?)

アゼルスタンが、死んだのだ――ただ一人の兄王子を失った事実を、エドマンドは受け入れざるを得なかった。

＊

アゼルスタンの突然の死は、結局病死とされた。

盟友たちと談笑しながら王宮の廊下を歩いているとき、突然倒れ、ほとんど苦しむこともなくその場で鼓動を止めたという。医師を呼ぶ間もなかった。一〇一四年六月。病とはまったく無縁の三十二歳だった。

『戦う王子』の死の衝撃は、たちまちイングランド中に走り海峡を越えた。

子を残さずに死んだアゼルスタンの王位継承権は、『オファの剣』と共に弟である第二王子エドマンドのものとなった。形ばかりは受けたが、心の中ではとてもこの現実を受け入れられない。名剣を手に、エドマンドは戸惑いを隠せなかった。

（こんなのは間違っている）

あまりに重すぎて、まるで自信がなかった。アゼルスタンの代わりなんてとてもできない。自分には王位継承権はおろか、この『オファの剣』さえふさわしくない。

兄の棺のそばでただ呆然とするエドマンドの横で、王妃エマはさめざめと涙を流し続けた。うちひしがれたその姿に、かえって『デーン派』貴族たちは憤然とした。

「わざとらしく泣きやがって」

彼らは、そう遠くない将来、『戦う王子』アゼルスタンがイングランドの王位に就き、力強く統治する日々をさまざまに夢見ていた。ぶちこわしたのは、エマとその実兄ノルマンディー公に違いない。彼らの足は自然に亡くなったアゼルスタンの執務室へと向かい、話すうちに次第に激し、やがて一触即発となった。

「エマを殺してきます。王に斬首されようがかまわない」

ウィンチェスターの若い貴族ハロルドらが席を蹴ったので、エドマンドはあわてた。

（エドワードが母親を失ってしまう――）

ハロルドの腕をつかんで止めたのは『デーン派』リーダー格のシガファースだ。

「アゼルスタンがおまえにそう命じたのか？　自分に何かあったらエマを殺してかたきを討てと

アゼルスタンがおまえに言ったのか？　もしそうなら、このおれが先頭切ってエマを殺しに行くさ。斬首されようがかまわん。だが、エマが毒を盛ったという証拠はないし、アゼルスタンは『エマ派』との戦争を望んでいなかった」

「そのとおりだ。エマを殺してはならん」

トスティーグはそう言うと、いきなりエドマンドの両肩をつかまえて一同を見た。

「エドマンドを支えるんだ。今はそれしかない。アゼルスタンは言っていた。二つに割れているときじゃないとな。いつデンマークが軍船を揃えて東海岸に上陸してもおかしくない。侵攻に備え、イングランドを守る。アゼルスタンのかたきを討つのはそのあとだ」

シガファースの兄モアカーもうなずいた。「エマは憎いが、もしエマを殺せば、ノルマンディー公に攻め込む口実を与えてしまう。公自ら軍を率い、全面戦争になる。今のおれたちに勝ち目はない。エマは、かご罠に公が仕掛けたおいしい餌だ。エマには絶対に手を出すなとアゼルスタンがくどいほど言ってたのを忘れるな」

他にもノーサンブリア伯らリーダー格が一同をなだめ、なんとかその場はおさまった。

不満を抱えながらも三々五々貴族たちが引き上げていき、執務室にはエドマンドと彼ら兄貴分たちが残された。

アゼルスタンだけが、この場にいなかった。エドマンドは『オファの剣』を見つめた。

（何も言えなかったよ兄さん）

本当なら、自分も何か『デーン派』貴族たちに言うべきだった。なのに、兄貴分たちの話をただ呆然と聞いていただけだ。アゼルスタンだったらきっと貴族たちをしっかりまとめただろう。

「不安か」

心配そうなトスティーグに、エドマンドは正直にうなずいた。不安でどうにかなりそうだ。

「子犬みたいだって、笑っただろ」

シガファースが首をかしげた。「子犬？」

エドマンドは小さくうなずいた。

「兄さんに呼ばれて駆けていったら、子犬みたいだってみんなが笑ったんだ。でも、おれはかまわなかった。いくら笑われようが、アゼルスタンが呼ぶなら、何十回だろうが何百回だろうが駆けつけるつもりだった」

十一も年が離れていたせいもあるだろう。アゼルスタンは実の父親以上に父親のような存在だった。母王妃が死んでからは、代わりに叱ったりはげましもしてくれた。いっしょに戦場に出るようになってからは、優れた指揮官であるアゼルスタンにあこがれ、一兵卒として心から敬愛した。アゼルスタンの指揮の下で戦場を駆ける緊張感が、たまらなく好きだったのに、それさえ唐突に奪われた。

エドマンドはあらためて自分の失ったものの重さ、大きさをかみしめていた。

「おれたちがついてる」

トスティーグに続いてモアカーも言ってくれた。「おれは何も心配してないぞ。おまえなら大丈夫だ。おまえの戦上手にはもう定評がある」

（兄さんの指揮の下で戦っていたからだ）

エドマンドはもう一度『オファの剣』に目を落としてから、顔を上げた。

「すまない。これっきりだ。もう泣き言は言わない。おれが弱気を見せれば『エマ派』につけ込まれる」

シガファースが微笑んだ。「おれたちにならいいさ」

そうさとトスティーグもうなずいてくれた。「おまえには、おまえにしかない良いところがある。大丈夫だ。おれたちがついている」

兄が遺《のこ》してくれたありがたい盟友たちに囲まれながら、エドマンドはアゼルスタンを弔った。

そして、海岸線の防備や戦う準備にあけ暮れた。

（おれが父上を支えなければ――）

幸い、デンマークは王を失った混乱から抜け出せないようで、何事もなくその年は暮れた。

その間、エドマンドは王宮内の亀裂を修復できないかと何度も父王と腹を割って話そうとしたが、エマや『エマ派』貴族に阻まれてしまい、なかなかうまくいかない。

それでもなんとかならないかとむなしい努力を重ねたのは、覚えていたからだ。

（母上が生きていたころのような立派な国王に戻ってほしい――宝石に眩んだ目を覚ましてほしい――）

慌ただしく冬が過ぎていった。

＊

日差しに力強さがよみがえり、春の香《か》を大気に感じるようになったころ。

海岸防備からロンドンに戻る馬の上で、シガファースがやや照れくさそうに打ちあけた。

「実は今度、妻を迎えることになった」

（いいなあ）

エドマンドは素直にうらやましく思った。

王宮の外に出れば、そばにはこうしていつだって誰かしらいてくれて、そのまわりをさらに人々に囲まれ、にぎやかすぎるくらいだ。

だが王宮に戻れば一人だ。父王は王妃エマやエドワードといて、エドマンドに声がかかることはない。

（母さまがいたころは、王宮にも笑いがあふれていた）

兄アゼルスタンももういない。一人で食事をとっていると、今日あったことを話せる家族がいれば――と、どうしても思ってしまう。

だから貴族仲間の結婚話を聞くと、うらやましくてならない。

（おれにも、結婚できる日なんて来るのかな）

結局アゼルスタンも結婚はできなかった。おそらく相手を選ぶのが難しすぎるのだ。『エマ派』も『デーン派』も神経をとがらせない娘など、いったいイングランドのどこにいるだろう。ヨーロッパ中捜してもきっと無理だ。

（でも、幸せそうなシガファースを見るのは、いい気分だ）

兄アゼルスタン亡き今、このシガファースやシガファースの兄のモアカー、イースト・アングリア伯トスティーグは、エドマンドの最も頼れる盟友であり大事な兄貴分たちだ。彼らの幸せはエドマンドの幸せでもある。

「そうか、良かったな」

うん、とシガファースもうなずいた。「実はトスティーグの一人娘だ」

エドマンドは息をのんだ。

「トスティーグの?」

「そうなんだ。先週イースト・アングリアまで行ってトスティーグに正式に許しをもらってきた。エディスという」

「エディス——」

「知らなかっただろう。トスティーグのやつ、表に出さずに田舎《いなか》でこっそり育てていたんだ。去年ロープの葬儀で初めて外に出したそうだが、そこで誰が見初めたと思う?」

エドマンドはうろたえた。あの葬儀で、誰かが彼女を見初めた——いったい誰だろう。だいたい彼女を見初める男が、そんなにたくさんいるなんて——かわいいと思いはしたが、実はそんなにも彼女の美貌は際立っているのだ。『ノルマンの宝石』がすぐそばにいるせいで、もう女性の美しさの尺度がよくわからなくなってしまっている。

「え、誰?」

「アゼルスタンだ」

「兄さん?」

エドマンドはひどく驚いた。「兄さんが?」

「そうさ。驚くだろう? あれはどこの家の娘かとアゼルスタンに聞かれたんだ。おれだって驚いたさ。お堅いあいつが娘を見初めるなんて——それも葬儀の席でだぞ? 仕方なく調べてやったら、なんとトスティーグの娘だった。すぐに教えてやったが、そのすぐあとだ、あいつが死んだのは――」

シガファースは深く息をついた。「アゼルスタンの葬儀の最中、そのことが頭から離れなかった。せっかくアゼルスタンが見初めた娘を、何も知らない男の嫁にされたくないじゃないか。それでトスティーグに事情を話し、とりあえず会わせてもらって驚いた。ただの箱入り娘じゃないんだ。しっかりしてる。さすがはアゼルスタンとしか、言いようがない」

エドマンドは言葉もなかった。

(どうしよう。シガファースは誤解してる)

アゼルスタンはエディスを見初めてなどいない。隣にいたエドマンドがアゼルスタンに尋ねたのだ。あの子はロープの家の子かと。なぜなら、あの少女は十五年前、母の死の前夜、山羊小屋でエドマンドの背中を優しい手で撫でてくれたのだ。忘れたことはない。

(言うべきだろうか)

このシガファースは、誰よりも誠実で友情に厚い。

体格にも恵まれ、戦場では共に兵を率いて猛々《たけだけ》しく戦ってきた。そのうえ王族とでも結婚できる名門の家柄に生まれ、金銭に困ることは生涯ありえない。もちろんトスティーグと同じ『デーン派』だ。

つまり、今のイングランドに彼より優れた花婿はいなかった。だからこそトスティーグも彼の求婚の申し出を受けたのだ。

「そうか」

エドマンドは一つうなずいてから、いつもどおりに微笑もうと努力した。

「なるほど、良かったじゃないか。トスティーグも喜んだだろう」

「表向きはな」

シガファースは苦笑いした。「おれとはもう口もききたくないらしい」

「じゃあ、もし娘を泣かせるようなことがあれば、命はないな」

「泣かせるもんか」

自信たっぷりなシガファースのおのろけがさすがに癪《しゃく》に障り、エドマンドはシガファースの馬の尻を思い切り蹴った。馬は驚いて駆け出した。

遠ざかる背中にエドマンドは思い切り叫んだ。

「もし泣かせたら、おれが縄をかけてトスティーグの前に引きずり出す」

「泣かせるもんかあ」

なんとも幸せそうなシガファースの背中を見ながら、エドマンドは自分に言い聞かせた。

(いいじゃないか。シガファースなら)

何度も何度も自分に言い聞かせた。

しばらくして、イングランド王の正式な許可も下りた。『デーン派』貴族同士の結婚だから、王も文句のつけようがない。

＊

森の足元を一面紫に染めたブルーベルの季節も終わり、イングランドに冷涼な夏が訪れようとしていた。エドマンドは馬でシガファースの領地に入った。

青空を吹き渡る風が心地よい。

街道が交わる交通の要衝を、軽快に通り過ぎた。集落と集落の間には、湿地を埋め立てた平坦《へいたん》で肥沃な畑がどこまでも続いていて、黄金色の麦穂が風に揺れている。今年もなかなかの出来のようだ。すでに収穫が済んだ畑も見える。

艶のある緑が目に心地よい牧草地には、羊たちがのんびり群れていた。

ここはイングランドでも最も豊饒《ほうじょう》と言われる田園地帯だ。すれ違う人々の表情も穏やかでどこかのんびりとしている。

（いいところだな）

と、来るたびに思う。

こんなにも美しい土地の領主夫人にエディスはなるわけだ。そう思うと、目に入るものがさらに彩りを増して見えてくる。

さらに馬を駆けさせ、まだ明るいうちにシガファースの館に着いた。

サンザシの垣根《かきね》を庭師たちがせっせと刈り込んでいる。懐かしい顔を見つけてエドマンドは声を張り上げた。

「やあ、エドマンド様」「サム爺！」

手を止めて腰を伸ばした老庭師に馬を寄せたエドマンドは、期待しながら顔をのぞき込んだ。

「どうだ、そろそろロンドンに来る気になってくれたか？」

日に焼けた頬をくしゅくしゅっとさせて老庭師は詫びた。

「勘弁してくだされ」

エドマンドはもう何度もこの老人に断られている。どんな高待遇だろうが、このシガファースの館から離れるつもりはないと。

「すまん。もう金輪際《こんりんざい》言わん」

「と、毎回、毎回、来るたんびに言われますなあ」

うん——とエドマンドは花が咲き乱れる庭に未練ありげに目をやった。

「この館に来るとつい言いたくなる。あの味気ない王宮の庭だって、おまえが手を入れればぜんぜん違うはずだ」

「そりゃそうだろうが」

老庭師はなんとも幸せそうな顔つきでまた垣根にはさみを入れ始めた。「なあエドマンド様、庭師よりもまず、かわいいお嫁様をもらいなされ。ほれ、うちの旦那様みたいに」

口元がさらに緩む。「いやあ、ついさっき到着されたが、なんともかわいらしい若奥様だ。あんな奥様があったためてくれる寝床が待ってりゃあ、ヒースだらけの荒れた庭だろうが、飛んで帰りたくなること間違いない。庭師なんかより、まずはかわいいお嫁様だね」

まったくもってサム爺の言うとおりだ。

「やられたな」

エドマンドが笑顔で正面玄関に馬を進めると、誰かがいち早く知らせに走ったらしく、馬番たちと共に、使用人頭である家令《ハウス・スチュワード》のオールガが待ちかねていた。

「エドマンド様」

「オールガ、母上のひざの具合は？」

忠実な家令は感動しながら深々と頭を下げた。「ありがとうございます。いただいた薬草のおかげで、元気すぎて困っております」

「良かった」

エドマンドは笑顔で馬から下りた。「じゃあ、またそのうちあの焼き菓子を食べたいと伝えておいてくれ。ほらあの、ベリーで顔中べちょべちょになるやつ」

「夜明け前からせっせと焼いとりましたよ、エドマンド様のために」

やったあと顔を輝かせたエドマンドをほれぼれと見つめるオールガの後ろで、シガファースが腕組みをして突っ立っている。「おい」

妙に表情が硬い。

「館に入れる前に、一つだけ言っておく」

エドマンドはどきりとした。

「なんだよ」

「おれはな、決して欲深な男じゃない」

シガファースは腕を組んだまま淡々と言った。「譲れるものなら、なんだって譲ってやりたいさ。おまえが相手だったらなおさらだ。だがな、世の中にはどうしても譲れないものだってあるんだ」

エドマンドは思わず固唾《かたず》をのんだ。

まさか、エディスのことだろうか。エディスがあの山羊小屋でのことをシガファースに話したんだろうか？

やはりシガファース相手に秘密事など持つべきではなかった。エディスを見初めたのはアゼルスタンではないと最初から言ってしまえばよかった。何と言って謝ろう。うろたえるエドマンドに、シガファースは言い渡した。

「あきらめてくれないか。もうサム爺のことは」

え？　とエドマンドは、小首をかしげた。

「サム爺？」

「そうさ。頼むから、もうサム爺を引き抜こうとするのはやめてくれ」

サム爺？　なんだ、サム爺の話か――エドマンドは肩で息をついた。

「そんな、引き抜くだなんて」

「いいや。今にもロンドンの王宮に引き抜かれそうだと、おまえが来るたび、サム爺が館中の人間に吹聴《ふいちょう》して回るんだ。もううるさくってかなわん。おまえに誘われるのがうれしくてたまらんのだ」

エドマンドは当惑した。「すまん」

「こっちこそ勘弁してくれエドマンド。他のものならなんだってなんとでもするさ。だがな、サム爺だけは譲れない。サム爺は、父から譲り受けた遺産の中でも、別格の家宝だ」

エドマンドはうなずいた。

「違いない」

家宝でもあろうが、まるで家族のようだとエドマンドは思っている。サム爺だけではない、家令のオールガも騎士たちも、シガファースの館にいる者たちは皆一つの家族のようだ。自分だけの館や家臣団を持たないエドマンドはうらやましくてならない。

「わかった。もうサム爺は誘わない」

「絶対だな？」

「うん――」自信がなくてやや語尾を濁した。「――多分」

「多分だと？」

シガファースは苦笑しながら大きく両腕を広げ、エドマンドを抱き締めてくれた。

「よく来てくれたな」

たくましい腕と胸板に締め上げられながら、エドマンドはシガファースの厚い友情をうれしく思った。そっと確かめてみた。「じゃあ家令のオールガならいい？」

「だめだ」

明日は、この愛すべき兄貴分シガファースの結婚式だ。

独身最後の日をにぎやかに祝おうと、気心のしれた『デーン派』の貴族たちがシガファースの館に集まり、飲めや歌えの宴会をすでに始めていた。シガファースの配下の騎士たちも交じり、皆エドマンドを上機嫌で迎え入れた。

「遅いぞエドマンド」

「言うな。これでも駆けつけてきたんだ」

もちろんエディスの父親イースト・アングリア伯トスティーグの顔も見えたが、彼だけはあまり酔った様子がない。花嫁の父親としては仕方ないだろう。

シガファースも含め、ここにいる貴族たちは皆イングランド軍の指揮官でもある。部下たちに留守を預けて、海岸防備の最前線から一時的に駆けつけているから、朝までのどかに騒ぎ明かしたり、酔いつぶれるわけにはいかない。

それでも、久々の楽しい集まりに、話は尽きなかった。陽気に盃を傾けているうち、再び大広間の扉が開かれた。今度は誰が駆けつけてきたかと振り向いた男たちが、思わずほうっと声をあげた。

エディスだ。

この日の昼過ぎに館に到着したばかりだというエディスが、古いしきたりどおり顔を出した。ほとんどの男たちがエディスを初めて見る。

「かわいいじゃないか」と驚く声が広間のあちこちから漏れる。

すると父親のトスティーグが、いきなり隣のシガファースの足を思い切り蹴った。

「おい、おれに紹介させる気か?」

蹴られたシガファースが痛がりながら面食らった。「え? おれが紹介するのか?」

「おまえの館だ。おまえが仕切るのが筋だろう」

「だが、式を挙げるまでは、おまえの娘だ」

よせよせとシガファースの兄のモアカーが吹き出した。

「もう一度『おまえの娘』と言ってみろ。トスティーグのやつ泣きだすぞ」

どっと笑われ、トスティーグはますますこわい顔でそっぽを向いてしまった。仕方ない。シガファースが紹介するしかない。

「トスティーグの娘のエディスだ」

「で、なんでおまえが紹介してるんだ」と声がかかる。

「明日、おれの妻になる」赤くなったシガファースが、今度はさんざんに冷やかされる。

その間、エドマンドは一人エディスに見とれていた。

そのうち腹が立ってきた。十五年前、山羊小屋で見たときもちょっとかわいいとは思ったが。

(こんなにかわいくならなくてもいいじゃないか)

だからこそ父親のトスティーグはひた隠しに隠して育ててきたし、シガファースは誰にも言わずに大急ぎで結婚話をまとめたのだ。そうとしか思えない。

モアカーがやおら立ち上がってエディスに謝罪した。

「申し訳ない義妹殿」

何がだろう、とやや緊張したエディスにモアカーは断った。「楽しい酒が、やけに回った。男たちの口が悪くて無礼があるかもしれん。いや、きっとある。許してやってくれ」

ほっとしたエディスは笑顔になった。口の悪い酒飲みの集まりとはいったいどんなものだろうと興味を持ったようだ。

父のトスティーグもよくこうした集まりを館で開くが、エディスを近づけることは決してなかった。

「それにしても――」と、険悪な顔になったのはノーサンブリア伯だ。

「おいトスティーグ、おまえなんてやつだ。イースト・アングリアに行って子どもは元気かと聞いても、あれこれごまかして、決して表に出そうとしなかった」

「そうだったか？」

と、とぼけるトスティーグ。

「そうさ。てっきり死んだのか、それとも何か事情があって、人前には出せない娘なんだと思い込んで十何年だ。おまえに娘がいたこと自体すっかり忘れてた」

おれもだ、という声があちこちからあがった。すっかりだまされたと皆おかんむりだ。

一男一女の良き父親であるモアカーがにやりとした。

「それだけトスティーグは大事にしまい込んでいたということだろう。おまえらみたいな遊び人の目に留まらんように。無理もない。これほど愛らしい一人娘だ」

「だが、シガファースだけには紹介したってわけか？」

「そうじゃない」シガファースが否定した。「おれもロ－フの葬儀で初めて見て、あちこち聞き込んで、ようやくトスティーグの娘だとつきとめたんだ」

モアカーがトスティーグをからかった。

「つまり、ロ－フの葬儀に出したのがそもそもの間違いだったわけだな」

トスティーグは憮然《ぶぜん》とした。

「だがロ－フの葬儀だ。出さないわけにはいかない」

「よくシガファースの求婚を受けたな」

「仕方ないだろう」

トスティーグはますます憮然としながらぼやいた。

「こいつには、非の打ちどころがない」

シガファースという男をよく知っているだけに、首を縦に振らざるを得なかったのだろう。トスティーグはつまらなそうに言い添えた。

「こいつ、麦なでしこの花束を手にやってきやがった」

いかにも慣れない様子が目に浮かび、皆吹き出さずにはいられない。

冷やかしたり、からかったり、存分に悪態をついた。お互い気心がしれているからこそ笑顔が絶えない。

広間にはシガファースの配下の騎士たちも交じっていて、身分の低い者もイングランド出身でない者だっているのだがまるで感じさせない。

なんと愉快な、気の置けない仲間たちだろう。エドマンドは久しぶりに心が晴れ晴れとした。エディスも、父トスティーグとシガファースに挟まれて、幸せそうに座っている。

(良かった)

エドマンドはつくづく思った。自分の出る幕などまるでない。アゼルスタンがエディスを見初めたのだとシガファースは誤解したままだが、それだってたいしたことじゃない。この二人に子が生まれるころ、実はと打ちあけるのもいいだろう。

(そうさ、早くエディスが子を産めばいい。ますますあきらめがつくというものだ)

そのうちシガファースがエディスを誘い、いっしょに広間を回り始めた。来客一人一人に紹介するつもりらしい。

エドマンドがそれとなく見ていると、ふとエディスが部屋の隅に立てかけられた長剣のうちの一振りに目を止めた。『オファの剣』だ。エディスの父トスティーグもこうした歴史的な武器収集が趣味で、盟友アゼルスタンと競い合って集めていたから、娘のエディスも自然と詳しくなったのだろう。

エディスがシガファースに何か尋ね、シガファースがそうだよと優しくうなずいている。この剣の持ち主であるエドマンドも今日ここに来ているとわかったのか、エディスは男たちの横顔をあらためて見比べた。

エドマンドはちょっとあわてた。

（おれを探しているのかな）

だが、すぐには見つけられない。そうだろうなとエドマンドは申し訳なく思った。

（おれには兄さんみたいな華やかさがない）

王族としての存在感も薄いし、みんなの前でぱっとしたことも言えない。もし部屋の隅に立てかけた『オファの剣』に気づかなければ、エディスはエドマンドが今夜ここにいたことさえ気づかなかったかもしれない。

そこにいるのがそうだよとシガファースが教えたので、二人の目が合ってしまった。

「エディスだ」とシガファースがあらためてエドマンドに紹介した。

「よろしく頼む。エディス、エドマンド王子だ」

エディスはやや緊張した面持ちで目を伏せた。

「どうぞよろしくお願いいたします」

（覚えてないいんだな）

当然だ。たった三、四歳だったエディスが、山羊小屋でちょっと言葉を交わした少年のことを覚えているはずがない。

（それでいい）

むしろそのほうがいいとエドマンドは思った。そのほうが気が楽だ。明日はシガファースの妻となるエディスに、エドマンドはふだんどおりの笑顔を見せた。

「ああ、よろしく」

見ていたモアカーが切なくつぶやいた。

「ここにアゼルスタンがいればなあ」

皆申し合わせたように肩を落とし、深いため息をついた。

アゼルスタンが急死してから、早いものでそろそろ一年たつ。皆に深く敬愛され、次の王として大きな期待を集めていた『戦う王子』をそれぞれが偲《しの》んでいると、

「実は」とシガファースが口を開いた。

「エディスを最初に見初めたのは、アゼルスタンだ」

「アゼルスタン？」

皆が驚いた。というのも、アゼルスタンには浮いた噂一つなかったからだ。

「ローフの葬儀でアゼルスタンに『あれはどこの娘だ』と聞かれたんだ。調べて回り、トスティーグの娘だと教えてやった。そのすぐあとだ。彼が亡くなったのは」

あまりにも突然だった死の衝撃は、一年たった今も一同の胸をうつろにさせた。

シガファースは遠い目で言葉を続けた。「だから、もしあんなふうに急に亡くならなければ、

アゼルスタンはこのエディスを妻にしていたかもしれない」

一同深々と息をついた。

エディスは、初めてそんな事実を聞かされたのか、びっくりしている。

「話さなかったのか？」とシガファースがトスティーグを見ると、トスティーグは大きな肩をすくめた。

「おれにはまだ信じられん。このおてんばを、あのアゼルスタンが？」

騎士の一人がおもしろがった。

「おてんば王妃、いいじゃないか」

そうだそうだとさらに誰かが言った。「『ノルマンの宝石』を城から蹴り出してくれ」

王妃エマの麗しい別名が出たとたん、広間の空気はどんよりと曇った。

ウィンチェスターの貴族ハロルドが首をかしげながらエディスに尋ねた。

「女性なら誰でも、自分の産んだ子を王にしたいものですか？」

エディスにとっては、あまりに突飛な質問だったらしい。

「王に？」

シガファースがあわてて助け船を出した。「エマはそのためにドーバー海峡を渡ってきたんだ。普通とは違う」

うなずいたモアカーが顔をしかめた。「ノルマンディー公は、最初から妹が産んだ甥《おい》っ子をイングランド王に据える魂胆だった。最近じゃあ陛下もその気になってきてるらしい。このエドマンドに兵を率いて戦うように命じておきながら、エドマンドの意見はまるで聞かん。陛下はエマの言いなりだ」

「これじゃまた二年前の二の舞になるぞ」

帰るべき王都を失い、武装したまま真冬の地方を転々とさせられた苦い記憶はまだ生々しい。

『デーン派』貴族たちの苛立《いらだ》ちは募る一方だ。

アゼルスタンの死後、貴族たちの中にはイングランドを見限り、公然とデンマーク側につく者も出始めた。そしてそのことは王の『デーン派』に対する感情をさらに悪くしていた。

エドマンドは暖炉《だんろ》の火に目を落とした。

「国を守るためにデンマークと戦うのはかまわない。だけど、昨日まで仲間だった者に弓矢を向けるのはやりきれない。いったいどうすれば父上にわかってもらえるのか――」

みな驚いた。

「おい、なんて顔だエドマンド、おまえらしくない」

エドマンドの背中を手荒く叩き、肩をつかんで口々にはげました。

「おまえがそんな顔でいたら、なんとかなるものもならなくなる」

「いつもの笑顔はどうした」

元気出せ、とにかく笑えと男たちがはげます横で、ノーサンブリア伯が気炎を吐いた。「問題はエマだ。あの女狐《めぎつね》をなんとかしなければ」

「だが手強いぞ。なにしろ『ノルマンの宝石』だ。美しいだけに手強い」

「エマの弱味はなんだ」

と聞かれたエドマンドは、考え込んだ。

父王を手玉にとっているエマとは、もう十年以上王宮でいっしょに暮らしている。とにかく美しい上に、頭の回転も速い。うっかり会話を始めると、とたんにその魅力に引き込まれる。癇《かん》癪《しゃく》を起こすようなこともない。そこらの男よりよほど肝が据わっている。

「ネズミかなあ」

「ネズミ?」

「うん。ノルマンディーのネズミはよほど小さいのかな。すごくネズミが苦手だ。あとは思いつかない」

さあどうしたものかと皆が眉を曇らせると、どんよりした空気を打ち払うかのようにシガファースが明るい声を張り上げた。

「なあに。おれの花嫁にはかなわんさ」

たちまち袋だたきにされ、場は一気に和《なご》んだ。

エドマンドも形ばかりかばいに入ったが、本気で止めはしなかった。一発や二発殴られても仕方ないだろう。痛みもさほど感じないはずだ。

「この幸せ者め」

エディスまでもが、にこにこと見守っている。

(これでいい)

エドマンドはまた自分に言い聞かせた。これでいい。二人はきっと仲むつまじい夫婦になる。シガファースは誰よりもエディスを大切にするし、エディスも必ず幸せになれる。

エディスの故郷イースト・アングリアは、イングランドの最東端に突きだし、ここ数十年もの間、海からの襲撃にさらされ続けてきた。きっとエディスもそのたびに大変な目にあってきたはずだ。特に二年前の戦いでは、イースト・アングリアは主な戦場となった。

侵攻される恐れのない、平和で穏やかな日々を早くイングランドにもたらしたい。

そのためには何をどうしたらいいのか。

どうすれば父王の国政を助けられるのか。

エドマンドは考えずにはいられなかった。

*

夕刻。

シガファースの館に集まった『デーン派』の貴族仲間たちは、何ものにも代えがたい友情をつかのま確かめ、海岸防備へと戻っていった。

エディスの父トスティーグは、モアカーに誘われ近くにある彼の館に移った。明日の朝、式に出席するためまたモアカーと共に戻ってくるという。

シガファースの配下の騎士たちも引き上げていったが、こちらは敷地《しきち》内の兵舎でまだまだ楽しい宴会が続くのかもしれない。

最後まで残っていたエドマンドも立ち上がり、ゆっくりと玄関に向かった。シガファースと廊下を歩きながら、少し悔やんだ。

「ぼやいたりして情けなかったな。みんなの前で」

「何を言う」

シガファースは笑顔ではげましてくれた。「おれたち相手ならいいんだ。あのくらいのぼやきなら薪《まき》の代わりに暖炉に放り込んどいてやる。おまえは、少しいいやつすぎる。たまにはあんなふうにぼやいたり、吐き出すことが必要だ。おれにならいつだって吐き出していい」

エドマンドはしみじみありがたく思った。「すまない」

「焦るな」

シガファースは歩きながらエドマンドの肩を抱いた。「まずは、皆でデンマークを追い返そう。片がついたらロンドンに戻ってエマと決着をつければいい」

わかっている、とエドマンドはうなずいた。

「アゼルスタンも言っていた。デンマークがいつ攻めてくるかわからないのに、二つに割れている場合じゃない」

「そうとも。もしエマが挑発してきても乗るんじゃないぞ。おまえまで失うわけにはいかない」

エドマンドは自分が幼く感じられてならなかった。

「でももどかしい。おれはあまりにも未熟で、不安だらけだ」

「未熟でない人間なんかいるか?」

「いたさ」

エドマンドが『オファの剣』に目を落とすとシガファースは嘆息した。「おまえはアゼルスタンに育てられたようなものだからなあ」

「アゼルスタンの代わりなんて、どうあがいても無理だ」

「当たり前だ」

シガファースはからりと笑い飛ばした。「あの『戦う王子』の代わりになれる者など誰もいない。もちろんおれにもなれない。だが、おまえを弟と思う気持ちなら、アゼルスタンにだって負けちゃいない」

シガファースはエドマンドを抱きしめた。

「おまえには、アゼルスタンにはない、おまえにしかない良さがある。皆同じ思いだ。忘れるな。おれたちがついている。何があろうとおまえの味方だ」

優しい言葉が熱く胸にしみた。うれしくて何か言おうとしたエドマンドは、うかつにも、そのとき初めて気づいた。エディスが二人のすぐ後ろにいる。いっしょにエドマンドを見送ろうとあとをついてきていたらしい。

あわててエドマンドはシガファースから離れた。

「じゃあ、また近いうちに」

だがシガファースは別れがたいらしい。

「なあ、今夜は泊まっていかないか？」

「いや帰るよ」

「明日の結婚式に出席してほしいんだ。アゼルスタンが見初めた娘を妻にするのをお前にもしっかり見届けてほしい」

エドマンドは目を伏せた。「すまない。予定があって——」

「そうか？」

シガファースは名残惜しげに念を押した。

「じゃあ、きっとまた近いうちに――いいか、忘れるなよエドマンド。もしエマが何か仕掛けてきたとしても、絶対に動くんじゃないぞ。おまえまで失うわけにはいかないんだ。おまえまで失ってしまえば、もうイングランドは終わりだ」

エドマンドが軽く右手を上げて去ろうとすると、いきなりエディスがエドマンドの背中に思い詰めた様子で謝ってきた。「あの――申し訳ありませんでした」

驚いたエドマンドが振り向くと、エディスは、うつむけた顔を紅潮させた。

「私ったら、のこのこあとをついてきたりして――お二人だけで、もっとお話しされたかったのでは？　もっと大切なことを」

図星だった。エドマンドはつくづく自分が情けなかった。

（おれはそんなにも物言いたげにしていたわけだ）

だからこそ、最後まで残っていたのだ。シガファースに話したいことがありすぎて、どこから話していいかわからない。聞いてもらいたいことだらけだ。

さあ――とエディスはいきなり両手でエドマンドの右手を取った。

ごく自然な、流れるような振る舞いだった。気づいたときにはエディスの小さな手に完全に捕らわれていて、エドマンドを驚かせた。

「お戻りください。葡萄酒《ぶどうしゅ》をあけ直します。イースト・アングリアのチーズもあります。王宮には使いを出します。よろしければ明日の式にも――」

エディスがシガファースを振り返った。シガファースは大きくうなずき、彼にしてはいやにしつこく繰り返した。

「そうさ、泊まっていけ。もっとあれこれ話したい」

そうしたいのはやまやまだったが、今夜泊まるのはあまりにも無粋《ぶすい》だ。エドマンドは困ってしまった。

「だって、これ以上じゃまするわけにはいかないよ。今日からいっしょの寝室なんだろう?」

エディスは思わず両手で頬を押さえ、シガファースも真っ赤になって怒った。

「ばかをいうな。神の前で夫婦になるまでは別だ」

エドマンドは笑顔を伏せて二人に背中を向けた。そして、ばかはどっちだと、ほんの少しだけ腹を立てた。

「神様はそんなに野暮《やぼ》じゃないよ」

三

翌日。

ロンドンの空は、めずらしくからりと晴れ上がった。

鎧戸《よろいど》をあけた右手に、エディスの手の感触がまだわずかに残っている。エドマンドは不思議な物でも見るように自分の手をながめた。

あの日、山羊小屋でエドマンドの背を一生懸命撫でてくれた小さい手が、今日、シガファースの物になる。

（いつかおれも、結婚できるのかな）

寝不足の頭に無理矢理気合を入れ直し、何をして過ごそうか考えた。こんな日に限って何一つ予定がないのが恨めしい。

そこに父王からの呼び出しが入った。

エドマンドが顔を出すなり父王は言った。

「例のイタリアの技師たちをな、連れ出すがいい。いっしょに視察したいと前に言っておっただろう」

（ありがたい）

修道院建設の下準備のため、はるばるイタリアから建築技師たちがやってきていた。あいさつしてきたとき、なんとなく馬が合いそうだったので、エドマンドは父王に伝えておいたのだ。適した場所に堅固な堤防を築くことができれば、優れた防衛線になる。彼らにテムズ河口あたりの実際の地形を見せ、ぜひ専門家としての意見を聞いてみたいと。

そのことを父王が覚えていてくれただけで、エドマンドはうれしかった。

「すぐに出立《しゅったつ》します」

「うむ。あわてずにな。二、三日かけてじっくりと見てくるがいい」

父の国王らしい姿を久々に見る。

（おれの言葉が、少しずつ父上に届くようになってきたのか――）

父王の期待に応えるためにも、ぜひ成果を挙げたい。俄然《がぜん》張り切ったエドマンドは野営の支度《したく》をするよう従者たちに指示を飛ばしておいて、イタリア人の技師たちと通訳が泊まっている部屋に駆けていった。そして説明もそこそこに全員連れて王宮を出た。

（いいぞ、楽しい視察になりそうだ）

城門にむかって一行ががやがやとロンドンの市街路を進んでいくと、顔なじみの商人たちがエドマンドにあいさつしてくる。エドマンドはこれはと思った何人かに声をかけた。

「こちらはイタリアから来られた技師のみなさんだ。これから二、三日かけてテムズの河口まで視察しにいく。さあおまえもいっしょに行こう」

さあ行こう行こうと笑顔でエドマンドに誘われ、ついつい仕事を放り出して一行に加わる商人が続出した。商売がたきがすでに一行の中にいてためらっていた商人も、いいからいいからと無理矢理混ぜ入れてしまった。無論、エドマンドがこうした視察をするのは初めてではない。エドマンドの視察だと聞きつけ、あわてて一行を追いかけてくるお祭り好きの商人たちもいた。

テムズ川沿いに地形を見ながら馬を進めた。

もちろんこのあたりの視察だって初めてではない。もうすっかり顔なじみになった地元の青年たちに知らせると、皆仕事を投げ出し集まってくれた。彼らにも立ち会ってもらいながら絵図も使って、技師たちにあたりの地理を説明した。国籍も身分も職業もまるで違う者たちが、にぎやかに意見を交換するうち、思わぬものが見えてくる。エドマンドにはその過程も含めて楽しくてたまらない。

もともとロンドンは、ケルトの小さな港町だった。

漁業や交易を営んでいたケルト人たちを、北に追いやったのはローマ帝国だ。そして優れた土木技術でぐるりと堅固な城壁を築き上げた。小さな港町は、属州ブリタンニアの首都ロンディニウムとして、一時は人口六万を超える大都市となった。

だが、ローマが撤退すると、たちまちすたれた。

五世紀に入ると、ゲルマン民族のアングロ族やサクソン族が海を越えて移動してきた。いわゆる七王国《ヘプターキー》の時代だ。ロンドンはやや西方に町の中心を移してまた栄えた。

だが九世紀。北欧スカンディナビアのノルマン人が船団を組み、北海からテムズ川をさかのぼって攻めてくるようになった。

ノルマン人の中でも特にデンマークのデーン人たちにたびたび略奪されたロンドンは、かつてローマ帝国が築いた堅固な城壁の中に町の中心を戻して、防御をかためた。

エドマンドの父王も、防衛上の見地からここに王宮を定めている。

（だが、まだ何かできるはずだ。何ができるだろう）

王都ロンドンを守らねばならない。兄のアゼルスタンが、いつも言っていたではないか。イングランドの貴族には、市民に対し、街や領土を守るという社会的責任と高貴な義務があると。

（どの河岸《かし》から上陸しようとするだろうか）

現地に立って絵図と実際の地形を見比べながら、テムズ川を挟んでの攻防を想像すると、いつも時間を忘れる。

すると、どこか遠くからのどかな教会の鐘が聞こえてきた。エドマンドは顔を上げた。

（そろそろ指輪をはめたころかな）

教会でのミサを終え、シガファースとエディスが館まで戻る道には、きっと領民がたくさん出て二人を祝福することだろう。館に戻ったら昼食会だ。エディスは領主夫人として初めて来客をもてなす側に座る。エディスの父トスティーグやモアカー、そしてモアカーの美人妻とまだ幼い子どもたちも加わり、和気あいあいと会食を楽しむに違いない。

サム爺のあの美しい庭にもずらりとテーブルが並べられ、騎士たちや使用人たちに食事や酒が振る舞われるはずだ。館中が一つの家族のようになり、和やかなお祝いの空気に包まれる。なにしろ昨日訪れたとき、すでに使用人たちの表情まで華やいでいた。

そのうち客人たちは新婚夫婦にあいさつし、三々五々去っていく。

エディスの父トスティーグも、シガファースの兄モアカーも引き上げる。

（いや、モアカーがトスティーグを誘ってまた彼の館で一杯やるのかな。もともと仲のいいあの二人が、名実共に家族になったんだから——)

そしてシガファースとエディスだけがあの美しい館に残り、初めての夜を迎えるわけだ。

ふと我に返った。

エドマンドの指示もないのに、従者たちがてきぱきとテムズ川の河原に野営用の天幕を張り始めている。エドマンドは切ない夢から醒《さ》めたような気分になった。

(何をしているんだおれは)

その夜は河原で盛大に火をおこした。

地元の青年たちも加わり、ロンドンから運ばせた酒と肉をこれでもかと振る舞うと、底抜けに楽しいどんちゃん騒ぎになった。差し入れもあれこれ届いた。エドマンドは呼ばれるまま、あっちの席にもこっちの席にも顔を出した。混沌《こんとん》とした雰囲気が、たまらなく楽しい。

商売がたきだったはずの二人が、いつのまにかご機嫌で肩を組みへべれけになっている。エドマンドを見てうれしそうに声をそろえて言った。「おれたち、商売がたきなんです」

「そうなのか」

「曾祖父の代からの商売がたきで」

「すごいな。由緒正しい商売がたきだ」エドマンドまでうれしくなって、にこにこしながら腰を下ろした。「で、何人死んだ」

「いや、それはまだ」

「やめとけやめとけ。殺し合うなんておれたちだけでたくさんだ。そんなことより歌を覚えろ」

意味もわからないイタリアの民謡をみんなで声がかれるまで歌い、にぎやかに夜を明かした。

おかげでエドマンドも余計なことをいっさい想像せずに済んだ。

翌日もあたりを視察してまわった。漁港から漁師たちもはせ参じ、海鮮スープの大鍋などを振る舞ってくれたし、夜は夜でまたさまざまな食材が集まり、さらに楽しい夜宴となった。

騒ぐかたわら、エドマンドたちはイタリア人技師たちから通訳を介して、書物や手紙では読み取ることのできない興味深い話をいろいろ聞くことができた。すっかり気を許した技師たちはエドマンド同様寝っ転がると、自分たちの仕事の難しさをぼやいた。「ノルマンディー公からよいお返事がなくて」

よく聞いてみると、前のノルマンディー公がサン・マロ湾上に浮かぶ小さな岩山にベネディクト会の修道院を建て始めた。

だがサン・マロ湾は潮の満ち引きが激しく、予想以上の難工事になった。現公爵は敬虔《けいけん》なキリスト教徒として知られている。技師たちは建築費の増額を願い出たが、なかなか良い返答が届かないという。「ふうん」

つまりノルマンディー公は、それどころではないらしい。

「ブルゴーニュ攻めかな」

「ええ。いよいよお忙しいらしい」

たき火を囲み、男たちがしゃべったり笑ったりしながら夜が更けていく。

まったく知らなかった赤の他人同士が、従兄弟《いとこ》か兄弟のように腹を割って語り明かし、そのまま雑魚寝《ざこね》する仲になっている。こんなふうに人と人とをつなぐ役に立てたときは、王子にうまれてよかったなと思う。

（母さまもよくこんなふうに人と人とをつないでいたっけ）

『戦う王子』アゼルスタンのように男どもを一喝し、先頭に立ってぐいぐい引っ張っていくことはとてもできない。だが、こうした細やかな人付き合いは苦にならない。

こんな機会を与えてくれた父にエドマンドは感謝した。人と過ごすのは、どうしてこんなに楽しいのだろう。

三日目の朝。

視察を切り上げた一行はようやくロンドン市街まで戻ってきたが、それでも話が尽きることはない。

市街に入ると、またあちらこちらからエドマンドに声がかかる。すれ違った織物《おりもの》商のおしゃれな番頭オズボーンがわくわく顔でエドマンドに駆け寄ってきた。

「イタリアから届きましたよ。もう、どれも素晴らしい生地《きじ》です」

「楽しみだ。今夜行けそうなら連絡する」

「お待ちしております。早くお見せしたい」

そうか――エドマンドはふと思い出して商売がたきの片割れに馬を寄せた。「そういえば、前に話していたあの件、おまえの商売がたきに相談してみたら？」

「ちょうど今話していたところです。おもしろいことになってきやがった」

「おまえたちは本当に偉いな」

何日か前までかたき同士だった二人を、エドマンドは心から尊敬し、うらやましく思った。

「どうかな。それをオズボーンにも話してみたら」

「オズボーン様というと、あの織物商の番頭の――なるほどそうか、そりゃまたおもしろい。ご紹介いただけますか」

「もちろん」

そこに、エドマンド様――と、城門を守る門番長が駆けつけてきた。

すでに、城門は目の前に迫っている。みんなでぶらぶら戻ってきたエドマンドの顔を見つけ、城門の番小屋から飛び出してきたらしい。

「どうしたオウエン」

馬上のエドマンドを見上げながら門番長が言った。「朝から陛下が、エドマンド様のお戻りを待ちかねておられます。エドマンド様が視察から戻られ次第、謁見室に顔を見せるようにとの伝言をお預かりしております」

「わかった。ありがとう」

「皆様謁見室にお集まりのようです」

「ちょうどいい」

旅装も解かず、そのまま謁見室に駆けつけると、父王はなにやら貴族たちと話し込んでいたのを中断し、居住まいを正した。「エドマンドか」

「ただ今戻りました」

十人ほどの貴族たちが注視する中、エドマンドは足取りも軽く父王の前に進み出た。

「ご指示どおり、イタリアの技師たちを連れテムズ河口を視察してきました」

どんちゃん騒ぎをしただけではない。報告したいことが山ほどあった。防衛上の観点から気づいた重要な物をいくつか取り上げ、父王といっしょに検討したい。

「その前に」

父王はエドマンドから目をそらした。

「一つ、話しておくことがある」

エドマンドは首をかしげた。

デンマーク軍に何か新たな動きでもあったのだろうか？

「なんでしょう」

「昨日、オックスフォードでな」

やや口ごもった父王に、エドマンドはふと不吉な物を感じた。「オックスフォード？」

「そうだ。オックスフォードでな、実は、貴族を処刑した。反逆罪だ」

血が引くのを感じた。

（しまった――）

あわてて左右を見直してみれば、並んでいるのは『エマ派』の強硬派ばかりだ。エドマンドは歯がみするほど悔やんだ。

（あれほどアゼルスタンが止めようとしていたのに――）

王妃エマの一味が、『デーン派』に対する攻撃を始めたのだ。そのために自分を視察などに出し、しばらく王宮から遠ざけていたのだと気づいたエドマンドはさらに愕然《がくぜん》とした。

（どうして――いつデンマークが攻めてきてもおかしくないのに。どうして父上にはそれがわからない）

「やむをえんかった」

父王はエドマンドの出方をうかがいながら言い訳した。「こともあろうに、敵国デンマークと結ぼうとしていた。確かな証拠もある」

「いったい誰を」

「モアカーとシガファースの兄弟だ」

エドマンドは息をするのを忘れた。

（なんだって――？）

手が無意識に『オファの剣』の柄へと動いた。あわてて王があとずさりし、入れ替わって従士たちが盾となった。待機していたと見られる従士が背後からも現れ、エドマンドは三十人近い武装兵に囲まれた。

少しでも下手な動きを見せれば、あえなく命を落とすか、少なくとも廃嫡《はいちゃく》は免れない。

（最初からこうしておれの命を奪うつもりであの二人を――）

こみあげる憤りで我を忘れた。暴発を、すんでのところでこらえることができたのは、屈強の従士たちに囲まれたからではない。

（エディスは？）

エディスはどうしただろう。

「どうしたエドマンド」

じれた父王が、護衛たちの後ろから恐る恐る挑発してくる。「手足をもがれたような顔をしおって――まさかおまえも一味の仲間か？」

そうだと叫んでしまいたかった。シガファースもモアカーも、かけがえのない盟友だ。どれだけ無念だったか想像もできない。

「二人の妻子は」

「妻子？」

不審げに父王は眉をひそめた。

「相続などさせん。反逆人の領地財産は、すべて没収して王領とする」

シガファースとモアカー兄弟の領地は、肥沃なうえに、交通の要衝にある。なおかつ彼らは王の重臣であったから、城や橋の修復などの義務も免除されていた。シガファースだけでも莫大《ばくだい》な資産を持っていたはずだ。それらをすべて没収するという。二人を処刑したのには、その狙いもあったのだ。

「では二人の妻子は」

「修道院に入れる。すでにストレオナが兵を連れて向かっとる」

と言った父王の目が、ほんのわずかに泳いだ。

「修道院？」

エドマンドは父王の心の奥底まで見透かそうと凝視した。遺産を相続するはずだった妻子など存在しないほうがいい。修道院に送るという名目で兵を差し向け、どさくさにまぎれて殺すつもりではないのか？

おびき出されたシガファースは、ほとんどの騎士を館に残していったはずだ。主人を謀殺《ぼうさつ》されたあの忠実な騎士たちが、館を囲んだ王兵に挑発されて手向かえば小競り合いになる。エディスも巻き込まれ、殺される。

（それが狙いか）

いてもたってもいられなかった。エディスを助けなければ。

「ストレオナたちはいつ城を発《た》ちました」

怒りを押し殺した反動で声が震えた。ぞっとした王が答えをためらうと、

「今朝方」と、よどみなく答えたのは、王のかたわらのエマだ。

「そう、確か、二百ほど兵を率いて出立されたはず——できれば今日のうちに修道院に送りたいと」

「どの修道院です」

エマは微笑みを浮かべながらエドマンドを凝視した。

「マルムズベリー」

聞くやいなや護衛兵を押しのけて去ろうとしたエドマンドに父王は驚いた。「待てエドマンド、どこへ行く」

「ストレオナに手をかしてきます」

エドマンドは王宮を飛び出した。

（いったいおれは何をしてたんだ）

自分に思い切り鞭《むち》をくれたい気持ちで、エドマンドはひたすら馬を駆けさせた。

いきなり羽根をもがれたかのようで、まともに考えることさえできない。いやきっと嘘《うそ》だ、何かの間違いか冗談であってほしい。頭の中でシガファースの名を唱え続けた。抱き合って別れた

のはたったの三日前だ。何も見抜けず、父王にだまされたまま、河原で連夜どんちゃん騒ぎをしていたなんて。

（アゼルスタンがあれほど止めようとしていたのに——）

父王と『エマ派』の貴族たちが、『デーン派』のリーダー格モアカーとシガファース兄弟をオックスフォードに誘い出し、だまし討ちのように反逆罪の汚名を着せ、即日処刑した。

（父上にとってはなんでもないことだ）

十三年前。父王はイングランドにいるデーン人を皆殺しにせよと、突然命令を下した。

アゼルスタンが必死に止めたにもかかわらず、王令は容赦なく実行された。『聖ブライスの日』に行われた大虐殺だ。デーン人の遺体は山と積まれ、火をかけられたあと、無造作に大穴に放り込まれたという。

（父上なら、どんな卑劣な手でも使う）

エディスはどうしているのだろう。知らせは届いているのだろうか。結婚したばかりのシガファースが斬首されたなんて聞かされたら——

「斬首？」

怒りと嘆きで頭がどうにかなってしまいそうだ。自分でさえこの有り様なのだから、エディスは倒れているのではないか。

（守ってやらねば）

だが、『デーン派』貴族仲間に助力を求めることはできない。今エドマンドが声をかけて誰かが動けば、たちまち反乱と見なされ王に武力で制圧されてしまう。

これ以上『デーン派』貴族を失うわけにはいかなかった。商人たちはなおさらだ。一人だって巻き込めない。

エドマンドは一人必死に馬を駆けさせた。

(頼む、間に合ってくれ――)

かわいそうなくらい馬に鞭をくれ続けた甲斐《かい》があって、シガファースの館の少し手前で、街道を進むストレオナたちの後ろ姿が見えた。

ストレオナは、後方から猛然と追ってきたエドマンドに気づいてあわてふためき、剣まで抜こうとした。彼は今王妃エマの一番のお気に入り貴族で、『エマ派』のリーダー格だから、今回の陰謀の実行犯に違いない。

「あわてるな」

エドマンドは手綱を引きながらストレオナに叫んだ。「父上から聞いて手伝いに来た。いっしょにシガファースの館に行ってやる」

「いっしょに?」

ストレオナは意図を計りかねた。「エドマンド様がですか」

「そうだ。マルムズベリーの修道院にシガファースの妻を連れていくんだろう?」

「ええ。寡婦《かふ》を」

殴りつけたい衝動をかろうじて抑えると、押さえこんだ拳は自分に向きそうになった。エディスを寡婦にしてしまった――責任は自分にある。

ストレオナはまだ不審そうにエドマンドの様子をうかがっている。エドマンドはかまわずに確かめた。

「兵はこれだけか？」

ストレオナが連れている兵は、どう見てもエマが言った二百より少なかった。三十人ほどしかいない。「兵はこれだけか？」

少し脅しぎみにもう一度質すと、ストレオナは答えざるを得ない。

「実は、モアカーの館で動きがあったようなので、とりあえず兵を分けて弟をそちらに向かわせました」

エドマンドは眉をひそめた。

「動きとは？」

「いえ、詳しいことは、まだ」

「どれだけ連れていったんだ」

「さあ——二百に少し足りないくらいでしょうか」

いちいち言葉を濁すストレオナがもどかしくてならない。モアカーの幼い子どもたちが脳裏に浮かんだ。無事でいてくれと祈るしかない。

ストレオナは、ふてぶてしい顔で続けた。「——ですので、とりあえずこれだけの人数でシガファースの館に向かいます。ですが、シガファースが館に残していった騎士はせいぜい十数人」

そのくらいだろうとエドマンドも思った。残りの騎士は沿岸警備についている。近隣から従士たちを集める間もなかったはずだ。

「モアカーの館が片付き次第、弟も戻り合流するはず。多少ごたついたとしても、たいしたことはないでしょう。すぐに片付きます。なにしろこれは王命ですからな。王命に逆らうなど許されない」

語尾に変な力が込められていた。エドマンドは暗澹《あんたん》とした気持ちになった。

(もし王命に背けば、おれだって殺してもかまわないと、父上に言い含められているのだな)

むしろ、背くようにうまく仕向けてエドマンドも殺してしまえと命じられたのかもしれない。

殺されるわけにはいかなかった。

(エディスを助け出すまでは、殺されるわけにはいかない)

館から連れ出し、マルムズベリーの修道院まで送ればいいのだ。いったん修道院に入ってしまえば、命までも奪われる心配はない。

だが、哀れではあった。修道女となればシガファースとの幸せな結婚生活からはほど遠い人生を、死ぬまで一人きりで送ることになる。

(そんなことを言っている場合か)

気がかりなのはエディスだけではない。

「イースト・アングリア伯は――」と鎌をかけると、ストレオナはぶすっとおもしろくない顔になった。

「私にはわかりません。朝はまだ所在を追っていましたが」

どうやらエディスの父トスティーグは、オックスフォードに行かなかったらしい。今のエドマンドにとって、彼の所在不明は唯一の吉報だった。

(どうか無事でいてくれ)

ほどなく、シガファースの館が見えてきた。

孤立無援の館は、門を固く閉ざし、静まりかえっている。つい三日前のあの楽しくにぎやかな集まりが嘘のようだ。

「おまえたちはここでしばらく待て。まずおれが一人で話をしてくる」

中の騎士たちを刺激したくない。離れて待つようストレオナに命じておいて、エドマンドは一人馬を門に寄せた。そして固く閉ざされた門の中に向かって馬の上から叫んだ。

「エドマンドだ」

無論、物見から監視しているので、こちらにはとうに気づいている。

ストレオナたちには簡単には開かなかったであろう門も、エドマンド一人なら心を許すはずだ。はたして開かれた門の向こうに顔を見せたのは、思ったとおり家令のオールガだった。硬い表情は蒼白《そうはく》だった。

「エドマンド様」

うなずいたエドマンドは、ストレオナたちにその場所で待機するようもう一度目で命じてから馬を進めた。

迎え入れたオールガにとっては、エドマンドは暗闇にさし込んだ一筋の光だったのだろう。門が固く閉ざされ、エドマンドが馬から下りるなり、すがるように尋ねてきた。

「いったい何があったというのです。どうして旦那様があんなお姿に――」

エドマンドは驚愕した。

「戻ったのか？」

オールガは声を詰まらせながらうなずいた。

「首のないご遺体が――つい先程――」

それでもまだエドマンドには信じられなかった。信じたくない。「間違いじゃないのか。確かにシガファースなのか？　よく確かめたのか？」

「ええ。皆で何度も傷跡を――ほら、あの一昨年の」

一昨年、戦場でシガファースが左腕に矢を受けたとき、真っ先に矢を抜いて止血をしてやったのは他でもないこの自分だ。他にも傷跡はあったはずだ。幼いころからついているオールガたちが確かめたのなら見誤ろうはずがない。

絶句したエドマンドに、オールガは声を絞り出した。

「いったい旦那様が陛下に何をしたというのです。こんな仕打ちは、神が許さない」

エドマンドはしばらく天を仰ぎ、気持ちを静めなければならなかった。

（シガファース――）

館の中から、顔なじみの騎士たちが十名ほど、重い武装を鳴らし走り出てきた。

当然みな主であるシガファースを卑怯《ひきょう》な手段で謀殺され、殺気立っている。エドマンドは焦った。今にも二百近い王兵がモアカーの館から移動してくるかもしれない。この騎士たちが館に立てこもれば、間違いなく皆殺しにされる。エディスも含めて。

「聞け」

エドマンドは努めて静かに言い聞かせた。

「すぐにこの館をあけ渡すんだ。モアカーの館に王兵二百が向かった。じきにここにも押し寄せてくる。囲まれたら終わりだ」

騎士たちは顔に血を上らせた。

「王はこの領地を取り上げるつもりか」

「そうだ。父上はこの館も含め、モアカーとシガファースが所有していた財産と領地をすべて没収し、王領とすると決めた。相続人は修道院に入れる」

それはシガファースの唯一の相続人エディスを、現実社会から永遠に葬ることを意味していた。騎士たちには到底納得できない。

「奥様には相続する権利があるはずだ」

「そんなこと言ってる場合じゃない」

エドマンドは苛立った。「これは王命だ。逆らうことなど許されない。今すぐ馬車を用意させるんだ」

「馬車？」

「そうだ。エディスを乗せろ。マルムズベリーの修道院までおれが護衛する」

騎士たちは戸惑いを隠せなかった。

エドマンドがこの館まで来てくれたのは、いっしょに王に抗議してくれるためだと思っていたのだろう。「だがエドマンド様」

「抜くなよ」

エドマンドは声を低めて騎士たちの激情を封じようとした。

騎士たちはエドマンドの実力を知っているがゆえに、微動だにできない。

「馬車を用意させろ」

張りつめた空気を破って、ふいに小柄な誰かがエドマンドの前に走り出てきた。エディスだ。

エドマンドは思わず息をついた。早く修道院に送り届けねば。「馬車に――」

一瞬、何が起きたのかわからなかった。

まわりの男たちが、固唾をのんでいる。走り出たエディスが、そのまま思い切りエドマンドの頬を叩いたのだ。ただ叩いたのではない。憎しみが込められた平手打ちに、エドマンドの心は打ち砕かれた。

「卑怯者」

臆することなくエドマンドを見上げる瞳には、悲嘆の涙と敵意が入り交じっている。

「それほどこの領地がほしいのなら、私もここで殺せばいい。その『オファの剣』で」

声もなくエドマンドはエディスを見つめた。

「あなたのために、オックスフォードに行かれたのに」

エドマンドにはわからなかった。「おれのため？」

「とぼけないで」

エディスは小さな拳を握りしめて涙をこらえた。「行かせなければよかった。あなたなんかを心配したばかりに――」

失ってしまった盟友を思い、胸が詰まったエドマンドは、こみ上げる涙をこらえるのに苦労した。涙もろいのは小さなころからの悩みの種だ。

しかし、まさかここで泣きだすわけにはいかない。

「早く馬車を用意させろ」

返事の代わりに、エディスはもう一度エドマンドの頬を叩こうとした。振りあげた手を止めると、何の飾りもない指輪がエドマンドの指にふれた。

（シガファースがはめた——）

エディスが汚らわしそうにエドマンドの手を振り払った。

そのときだった。固く閉じた門のすぐ外で、馬の荒いいななきが聞こえた。エドマンドはぞっとした。

（もう王兵たちが到着してしまったのか？）

しかし、物見は門を開かせ、中に二頭の馬を入れた。どこからか駆け戻ってきたシガファースの配下の騎士たちは、オールガたちがいるのを見て半分泣きながら叫んだ。

「モアカー様のお館に、火の手が」

皆息をのんだ。

「奥様やお子たちは」

「わかりません、近づけなくて——王兵がびっしり取り囲んで——二百近くはいたはず」

エドマンドが言ったとおりだ。騎士たちに衝撃が走った。助けに行くどころか、ここも間もなく王兵に取り囲まれる。

「これが、王のやり方か」

騎士たちは絶句した。悔し泣きする者、呆然とする者、感情を整理できずにその場にどしりと座り込む者もいた。

「館をあけ渡しましょう」

エディスが静かに言った。「立てこもれば、皆殺しにされるだけです」

苦渋の選択に、皆言葉もなかった。エディスも悔しそうだ。目を背けたままエドマンドに言った。「支度をしてきます」

支度？　とエドマンドは眉をひそめた。一刻も早くここから連れ出したい。

「修道院に行くのに支度も何もいらないだろう」

「いいえ。女にはあれこれつまらない物がいるのです」

エドマンドをにらみつけたエディスは、「さあ皆、一度館の中に――」と静かにうながした。

オールガや騎士たちは重い足取りで館の中に戻っていった。

エドマンドは一人その場にとり残された。

あきれるほど穏やかな初夏の昼下がりだった。

鳥たちの澄んださえずりが、遠くの茂みから聞こえてくる。

「くそ」

エドマンドは馬にまたがり、いったん門の外に出てストレオナたちをなだめることにした。

「今、支度している。すぐに出てくるだろう」

「このまま館に立てこもるつもりでは？」

まったく同じことを案じていたエドマンドは、驚いた顔を必死で装った。「まさか」

しかし、しばらくたってもエディスたちは館から出てこない。じりじりと日に照らされストレオナはますます苛立った。「遅いですなあ」

「仕方ない。あれこれ支度がいるんだ」

「支度？　修道院に行くのに何の支度が」

「いろいろだ」

（何をしている）

苛立ちと心配でエドマンドはどうにかなりそうだった。

館をあけ渡すと言ったものの、やはり思い直して皆で立てこもるつもりになったとか。あるいは、シガファースを失い、思い詰めた騎士たちが討ち死にの覚悟を決め、心中するつもりでエディスを拘束したとか。

悪いほうに悪いほうに考えが向いてしまう。

そうこうしているうちに、王兵が到着し、囲まれてしまえば手遅れになる。

もう我慢できない。

「ここにいろ」

ストレオナたちをとどめておいて、再び門をくぐったちょうどそのときだった。

館の奥から音が聞こえ、一台の馬車が厩舎から表に回されてきた。同時に館の扉が開かれた。女たちの泣き声を振り切るように姿を現したのはエディスだった。

ヴェールをかぶっている。

（良かった）

しかしエディスは手ぶらで、衣装箱などを運ばせる様子もない。エドマンドは意外に思いながら馬を寄せた。「支度は？」

「支度？」

見るのも汚らわしいとばかりにエディスはそっぽを向き、吐き捨てるように言った。

「修道院に行くのに、何の支度がいるでしょう」

騎士たちのうちの何人かが、エドマンドに嘆願した。「我らも修道院までお供します」

この申し出は、俄然エドマンドを勇気づけた。修道院への道すがら、ストレオナがエディスを人知れず始末しようとするかもしれない。いや、必ずするはずだ。シガファースが遺した騎士たちがついてきてくれれば心強い。

「なりません」

命じたのはエディスだった。

有無を言わせぬその声は、とても十代の娘のものとは思えなかった。

「話したはず。すみやかに支度をととのえ、王兵が来る前に皆この館から離れるのです。必ず無事で――オールガ、あとは頼みましたよ」

オールガがうなずいたのを確かめると、エディスは馬車に乗り込んだ。

騎士たちや館を振り返るかと思ったが、一度も振り返らなかった。馬車が走りだしても、小窓は一度も開かれなかった。

馬を馬車の横につけて駆けさせながら、エドマンドは痛切に思った。

(三日前だ)

ほんの三日前、エディスはこの館にやってきた。みなに祝福されながらシガファースの花嫁となり、幸せな結婚生活を送り、ここでシガファースと共に人生を終えるはずだった。

サム爺たち庭師が丹念に手入れした庭には、主の不在も知らず、白い夏花が咲き乱れていた。

門をくぐり出るエディスとの別れを惜しむかのように、静かに風に揺れている。

四

エディスを乗せた馬車は、マルムズベリーの修道院を目指してひた走った。

おそらく夜中前には着くだろう。

ストレオナは、配下の五騎だけを連れてきた。残りの二十数騎は、ストレオナの弟が率いる百騎以上の到着をシガファースの館で待ち、合流して館をおさえる手はずになっている。

エドマンドは馬車のすぐ後ろを馬で駆けた。

後ろからストレオナが声をかけてきた。

「おかげさまですんなりいきました」

ストレオナはいやにそわそわしている。「もう結構ですので、エドマンド様はここからロンドンに戻られては？」

（こいつ、やはりどこかでエディスを殺すつもりだ）

そうはさせるかと、エドマンドは馬車に寄り添うようにして馬を駆けさせた。

なんとしても無事に修道院に送り届けなければ。修道院に入ってしまえば、たとえ王であろうと手は出せない。もう戦にも政争にも巻き込まれることはない。

しかし、無理矢理修道女にされるなんてどんな気持ちだろう。

エドマンドは子どものころ、母王妃についてマルムズベリーを訪れたことがある。修道女たちが慎《つつ》ましく穏やかに暮らしているのは知っているものの、エドマンドの心は安まらなかった。

（シガファースの指輪も、外さなければならないのだろうな）

馬車の小窓は一度も開かれない。中でエディスはどうしているのだろう。疲れて眠りに落ちているのだろうか。ここ何日かよく眠れていないはずだ。

軽やかな蹄の音が、急に高くなった。ローマ時代に築かれた堅牢《けんろう》な石橋を渡っている。

（ウーズ川か）

すっかり日も低くなり、夕闇があたりを包み始めている。

街道が深い森へと分け入り、さらに薄暗くなった。街道といっても、轍《わだち》が二本やっとついているだけで、幅はそれほど広くない。

突然前を行く馬車が速度を落とした。

どうしたのかと思う間もなく、馬車はとうとう森の真ん中で止まってしまった。あたりを警戒して、エドマンドは馬の首を巡らせた。

（ここか？）

何かを仕掛けるならうってつけの場所だ。森に潜んで待ち伏せているのかもしれない。エドマンドは薄暗闇に目をこらしながら、エディスの馬車にさらに馬を寄せた。

と、狭い街道の前方から、にぎやかな鳴き声が聞こえてくる。

のどかに押し寄せてきたのは、羊の群れだった。犬たちや羊飼いに追い立てられ、森の向こうの牧草地から寝床に戻る途中らしい。

なんだとエドマンドは息をついた。郊外ではよくあることだ。

あとからあとからのんびりやってくる羊たちを、ストレオナたちもやれやれとうんざりした顔でながめている。大きな群れにのみ込まれ、馬も馬車も身動きとれなくなってしまった。この騒がしい羊たちが通り過ぎるまでは、待つしかない。

そのときだった。

馬車の扉が小さく開かれた。

(エディス?)

次の瞬間、エドマンドは我が目を疑った。裾をたくし上げたエディスが、まるで子どものようにぽんぽんと二匹の羊の背を踏み、そのまま暗い森の中に飛び込んでいくではないか。

あわててあとを追おうとした。だが、羊たちに囲まれ馬は動かせないし、まさかエディスのように羊の背を踏んで走るわけにもいかない。

そのうえ、驚いた羊たちがいっせいに駆け出し、ちょっとした騒ぎになった。あとを追うどころか、馬ごと群れに押し流されそうになる。

(しまった)

興奮する馬をなだめながら必死にエディスを目で追ったが、薄暗い森の中でエディスが小柄な身体を沈めると、たちまち下草に埋もれて見えなくなってしまった。苛立ったストレオナたちが羊たちを大声で脅すと、さらにあたりは収拾がつかなくなった。棒立ちになって倒される馬さえいた。群れの流れが緩やかになるまでなんとか馬を押さえ、ようやく薄暗い森に馬を乗り入れたときには、すでに完全にエディスを見失っていた。

「くそ、どこへ逃げた」

ストレオナの配下の五騎が森の中に散った。エドマンドもストレオナも森に入った。薄暗いとはいえ、これだけの人数が馬の上から捜せば見つからないはずがない。

だが、どういうわけかエディスは見つからない。身軽いとは言え、娘の足で森の中をそんなに遠くまで走れるものだろうか。

エドマンドはいったん道の上に戻った。

ストレオナが大あわてで捜せと馬の上から叫び続けている。

ふと、エディスが飛び込んだのとは反対側の、進行方向左手の森を振り返った。

(道を渡った——?)

いったん下草の中に身を潜めたエディスは、羊たちにまぎれてまた道を横切り、反対側の森に飛び込んだのではないか。

(ウーズ川だ)

エディスは思ったのかもしれない。先程馬車で渡ったあのウーズ川まで走り、そのまま川沿いに下っていけば、必ずどこかの集落にたどりつく。小舟に乗れば、川を下って逃げることができる。北海に面した河口は、エディスの故郷イースト・アングリアだ。

エドマンドは左手の森に馬を乗り入れると、川の方向に進みながら必死にあたりを捜し回った。まだ人の手が入っていない森はぞっとするほど深く、日は容赦なく暮れかけている。夜の森をさまよえば、獣に襲われるだけだ。

「いるのか」

もちろん返事は返ってこない。聞こえていても返事はしないだろう。身を隠し息を潜めているはずだから、エドマンドが見つけるしかない。

と、視界の隅を何かが動いた。エドマンドは馬の首を返しながら、

「待て」

と叫びたいのを必死にこらえた。ストレオナたちに聞きつけられれば、こちらにやってきてしまう。

エディスは見つかったと悟るや、裾をまくり上げ、下草を踏みしだいて全力で走りだした。やはり川の方向を目指しているが、娘の足でエドマンドの馬を振り切ることなどできはしない。前に出たエドマンドは、馬首を返して行く手をふさいだ。

だがどうする？　どうしたらいい？

つかまえてまた馬車に押し込み、無理矢理修道女にしたところで、修道院からだって逃げ出しかねない。もし修道院の外で『エマ派』の手に落ちれば、間違いなく闇に葬られる。

「殺す気？」

「何？」

エドマンドは目を疑った。あの優しかった手に、抜き身の短剣が握られている。

エディスは決死の覚悟で言い放った。「殺されてたまるか」

「聞け」

聞くどころか、エディスはいきなりエドマンドのマントに飛びついてきてしがみつき、ぶらさがった。鞍から引きずり落とされながら、エドマンドは自分の身に起こっていることが信じられ

なかった。戦場でさえ、こんな無様《ぶざま》な目にあわされたことはない。

背中から落馬するより先にエディスが飛びかかってきて馬乗りになった。

「シガファース様のかたき」

一瞬、このまま殺されてやろうかとエドマンドは思った。

シガファースのかたきを討ちたい気持ちなら痛いほどわかる。他でもないエディスの望みならかなえてやりたい。エドマンドの父がシガファースを謀殺したのだ。息子の自分を殺せば少しは心も晴れるだろう。

だめだだめだとエドマンドは首を横に振った。

(殺されてやってる場合じゃない)

短剣をもぎ取って身体の上からエディスを手荒にどけると、転がされたエディスが叫んだ。

「あなたなんか、大嫌い」

生まれて初めて人から嫌い——それも大嫌いだと言われ、エドマンドは愕然とした。

そのすきに、エディスは川を目指してまた駆け出している。あわてて馬を呼び寄せながらエドマンドは言葉もなかった。

(なんて娘だ。あんなじゃじゃ馬見たことがない)

あたりはどんどん暗くなっている。エドマンドの馬に追われたエディスが何かに足を取られ、そのまま前のめりに転がり、浅い窪《くぼ》みに落ち込んだ。

馬の上からそれを見たエドマンドは、すかさず腰から『オファの剣』を抜き放った。金属がすべる音に振り向いたエディスは、抜き身の剣を見て息をのんだ。

死を覚悟したに違いない。

エドマンドはかまわず、思い切り剣を振り下ろした。刃が低く風を切る音とともに、裁ち落とされた太い枝が、ばさばさとエディスの上に落ちていった。思わず頭を手で覆ったエディスの上に、さらに次から次へと葉の茂った枝を裁ち落とした。エドマンドが剣をふるうたび枝葉が降ってエディスの上に重なり、すぐにエディスを窪みごと覆い隠した。

「ここにいろ」

エドマンドは剣を下げたまま、ひそめた声を絞り出した。

「いいか。必ず戻ってくる――このままここに隠れているんだ」

あわてたエディスが身を起こそうとしたのか、がさがさと枝葉が音を立てた。混乱しているに違いない。

そこに、誰かの馬が背後から近づいてきた。エドマンドはあわてて振り返った。

「誰だ」

「私です、私」

ストレオナが『オファの剣』をこわごわ見ながらやや離れた所に馬を止めた。「どうされましたエドマンド様。娘がおりましたか？」

エディスがあわてて枝の下で息を潜めるのがわかった。エドマンドは頭上の枝をうかがいながら、いかにも無念そうに言った。

「いや、何かがさがさ聞こえたので念のため来てみたが、やはり山鳥だった。いまいましいな。

弓矢があれば晩飯にしてやったのに」

もう一度、いかにも悔しげに頭上を振り回してから、ようやく剣を収めると、ストレオナもようやく警戒を解きほっとした顔になった。「こちらではないでしょう」

「ああ。反対側の森に駆け込むのを見た」

「私もちらっとだけ見ました。いやはやなんて娘だ」

「戻ろう」とエドマンドはストレオナをうながし馬を返した。

二人が街道まで戻ると、ストレオナの配下は相変わらずエディスを捜しあぐねている。

「しまったな」ストレオナは、エディスを逃がしてしまったことを悔しがった。

「猟犬を連れてきて放ちましょうか」

「必要ない」

エドマンドはあわてずに制した。「娘一人、この夜の森を抜けられるわけがない」

「確かに。夜明けまでには獣の腹の中でしょうな」

かえって手間が省けたとばかりににやつきながら、ストレオナは配下に戻ってくるよう命じ、空になった馬車をシガファースの館に帰した。

「念のため、街道が森に入るところに二騎残します」

余計なことをと思いながら、エドマンドはうなずいた。

ロンドンに戻る夜道をストレオナと馬を駆けさせながら、エドマンドは気が気ではなかった。

(無理だ)

あんなじゃじゃ馬とは知らなかった。枝の下でじっとエドマンドを待つはずがない。下手に動いて、残った騎士たちに気づかれるかもしれない。いや、その前に獣に襲われるかもしれない。

エドマンドは祈るしかなかった。

（守ってくれシガファース。頼む、エディスを守ってくれ――）

＊

「逃げられただと？」

顔を曇らせた王の前で、ストレオナは平身低頭した。

冷や汗をぬぐいながら、あれやこれやと述懐めいた言い訳を並べたものの、寝ているところを起こされた王の憤りは収まらない。

「まさか、おまえが逃がしたのではあるまいな」

父王ににらまれたエドマンドは、まさかと肩をすくめた。「今、ストレオナが申し上げたとおりです。いきなり馬車から飛び出し、そのまま薄暗い森の奥に逃げ込まれてしまいました。皆で相当捜したんですが、もう暗かったし、驚くほど足が速くて。なあ」

そのとおりですとストレオナは何度もうなずいた。「今ごろは獣の腹の中でしょう。シガファースの領地を没収する手続きはすでに済んでおりますので、何の問題もございません」

ふむ、と王は鼻を鳴らした。「手間が省けたか」

エドマンドは顔を背けた。

（やはり殺すつもりだったんだ）

相続人たちまで亡き者にしようとした卑劣なやり方に、エドマンドは憤りを隠せなかった。

王はさらに不機嫌そうに確かめた。「モアカーのほうは」

「妻子の焼死体を確認しました」

ストレオナの弟が報告するのを聞いて、エドマンドは思わず目を閉じた。

「館は？」

「焼け落ちました」

ああ、と王は深いため息をついた。「惜しいことを。あれは良い館だったのに」

「申し訳ありません。騎士たちの抵抗が予想以上に激しくて」

ストレオナが恐る恐る報告を続けた。

「イースト・アングリア伯ですが、いまだ行方不明で――」

ちっと舌打ちした王はエドマンドに目をやった。

「どうした、顔色が悪いようだな」

エドマンドは顔を上げた。

正面の王座に座る父を、これほど遠く感じたことはない。

「友人でした」

「友は選ぶことだな」

冷ややかに頬をゆがめた父王に一礼し、エドマンドは辞した。

足早に夜風の通る廊下に出ても、感情は収まらない。これまでもいろいろあったが、今度の一件は度を越していた。許せることと許せないことがある。

だがそれより気が気ではない。森の中に置いてきたエディスは無事だろうか。

「エドマンド様」

振り向くと、王妃エマがドレスの裾を翻しながら追ってきていた。それでなくても美しい瞳に涙をためているのを見て、エドマンドはあわてて目をそらした。

「大切なご友人方を亡くされ、さぞおつらいでしょう。私、エドマンド様が心配で――」

エドマンドはエマのドレスの裾のレースを見ながら言った。「いや、政《まつりごと》です。感情を交えてはいられない」

「とはいえ、穏やかではいられぬはず」

エドマンドは天を仰ぎたい気持ちだった。こちらをあざ笑うような高慢な悪女だったら、とっくにこの手で絞め殺している。

だが、エマは童女のようにぽろぽろと涙をこぼすのだ。これでは手が出せない。

「失礼します義母上、少し疲れた」

「では、お部屋に何か温かい物を」

「いや、きっと寝台から起きられない」

「私が寝台まで運びます」

見てはならないメドゥーサの瞳に、エドマンドはうっかり魅入られてしまった。

「大切なお身体――夜のうちに、お疲れを癒やさなければ」

やわらかいエマの手が、エドマンドの手をバラ色の頰に押し当て、そのまま首筋を滑り降りていく。まぶしく思っていた白い肌にとうとうふれてしまったエドマンドの動悸《どうき》が高鳴った。

（だめだ。まだ父上に殺されるわけにはいかない）

エドマンドはエマを遠ざけた。そして笑顔で念を押した。

「おれの寝台には近付かぬよう」

暗い廊下を、エドマンドは急いだ。今大事なのはエディスだ。彼女の命を守るためなら、たとえ神が仕掛けた極上の罠であろうが蹴散らせると思った。

＊

街道が例の森に入るところに、ストレオナの配下がいるはずだ。

かなり手前で馬を木につなぎ、地面に松明《たいまつ》を横たえ、月明かりを頼りにそっと近づくと、道のそばの牧草地で篝火《かがりび》がたかれている。

（あれか）

近寄って様子をうかがおうとすると、まず、二人が連れていた馬に勘づかれてしまった。エドマンドだとわかり、はしゃぎそうになった馬たちに駆け寄ってなだめながら、耳を澄ました。

大いびきが聞こえてくる。

いびきは二ヵ所から聞こえてきた。駿馬を番犬がわりに、二人して眠りに落ちたらしい。

エドマンドはあきれた。

（まったく――）

兵を束ねる立場としては腹立たしい。懲罰物だ。だが、今夜ばかりはありがたかった。二頭の馬を静めながらそっとその場から離れたエドマンドは、消えかけた松明を拾って馬で森に入った。そしてエディスを残してきたと思われるあたりまで分け入って松明を思い切り振ると、再び火が大きくなった。

(どこだ?)

あたりを照らしてみたが、恐れていたとおり、エディスの姿はない。

「おい」と声を殺してそっと呼んだが、どこからも返事は返ってこない。

エディスのはまった窪みも暗くてわからなかった。そもそも捜す場所を間違っているのかもしれない。エドマンドはしばらくそこら中を駆け回った。しばらくして、梢《こずえ》の中にぽかりと夜空がのぞいているところを見つけた。エドマンドが剣で裁ち落とした枝の真下に、エディスが転んだ窪みがあった。あわてて鞍から飛び降り、枝を払いのけたが、もぬけの殻だ。

(くそ)

じっと待っているはずがない。

エドマンドは立ったまま絶望的にまわりの暗闇を見渡した。

森の獣たちが、喜々として獲物を追う足音が聞こえてくるようだ。

(シガファースすまない)

あまりにも自分が不甲斐《ふがい》なくて、泣けてきた。

エディス一人守ってやれなかった自分に、イングランドを守れるはずがない。怒声を発しながら目の前の太い立ち木を殴りつけると、あまりの痛みに松明が落ちた。見ると拳の皮膚が破け、血がにじみ出している。

（違う、父上がシガファースに与えた苦痛と絶望は、こんなものじゃない）

さらに幹を殴りつけた。深い森全体が何事かとざわめいたが、自分への憤りが収まるはずもなく、さらに殴りつけた。痛みを覚えるたびに悔しさが増し、古木を殴り倒さんとばかりにさらに殴りつけた。

「やめて！」

エドマンドは驚いて振り向いた。

だが、悲鳴に近い声をあげたエディスが、どこにいるのかわからない。エドマンドは松明を拾って声が聞こえたほうを照らし、ふと、上を見上げた。

高い枝の上でエディスが幹に抱きついている。

（いた——待っていてくれた）

あわてて馬に飛び乗り近づくと、エディスはますますかたく幹にしがみついた。「どうした、下りられないのか？」

「修道院には行きません」

エドマンドはあらためて思い知らされた。エディスは、自分が父王の手先だと思い込んでいる。当然だ。処刑されたシガファースの館と資産を王の命令で取り上げにいき、エディスを修道院に押し込めようとしたのは、他でもないこの自分だ。

だが、あれこれ説明している暇はない。さらに馬を寄せると、エディスが顔を背けた。

そのときだ。馬が街道を振り返り、全神経をそちらに集中させたではないか。獣ではない。誰かの気配を嗅ぎつけたのだ。

しかし、松明の明かりはどこにも見えない。森は闇に包まれたままだ。

(見張りたちが起きたわけじゃない。なんだ？　馬たちは何に気づいた？)

焦ったエドマンドは馬から飛び降り松明を踏みしだいて火を消した。そして鞍にまたがりまた馬を寄せた。「来い」

首を横に振り木にしがみつくエディスにエドマンドは困惑した。

「どうする気だ。ここにいたいのか？」

「なぜ私をここに隠したの」

「隠したかったわけじゃない」

馬が再び街道のほうを気にした。

エドマンドはいてもたってもいられなかった。もしエディスまで殺されたら、あの世でシガファースに合わせる顔がない。

「頼む、来てくれ。トスティーグのところまで送り届ける」

父親の名を聞いたエディスが、思わずエドマンドを見た。

意を決したエドマンドは枝に足をかけ駆け上がった。そして抵抗するエディスの腕をつかんで枝から引きずり落とし、鞍におりて、馬の腹を蹴った。

エディスは悔しそうだが、疾走する馬の上ではあらがえない。

「父は——」

「しゃべるな。舌をかむぞ。頭を下げろ」

意外にもエディスは慣れた様子で鞍にまたがっている。どうやら乗馬ができるらしい。低い枝が顔に当たらないように手綱を持つ手でエディスをかばいながら、月明かりだけを頼りに慎重に馬の速度を上げていった。

「トスティーグは捕らわれてない。王も行方を追っている」

安堵の息をついたのだろう。小さな背中が上下するのがわかった。きっとシガファース同様父も処刑されたかと気が気ではなかったのだろう。早くあわせてやりたい。

（だが、トスティーグはどこにいる）

エディスが乗馬に慣れているおかげで、エドマンドはなんなく馬を駆けさせることができた。ほどなくウーズ川に出た。流れに沿って下流へと進むうち、東の空が白々《しらじら》とあけてきた。

幸い、誰かが追ってくる様子はない。

（なんだったんだろうさっきのは。馬たちの気のせいだったのかな）

人気のない河原でいったん馬から下り、エディスを鞍から抱き下ろしてやろうとすると、もう一人で勝手に滑り降りている。

馬が川の水を飲む横で、革袋に水を汲《く》みエディスに渡そうとすると、驚いたことに、もう水辺で水をすくって喉を鳴らしていた。

そういえばシガファースが言っていた。ただの箱入り娘ではない、と。

（本物のじゃじゃ馬だ）

あきれながら、王宮から持ってきた服一式を鞍の革袋から引っ張り出した。従者が着るような粗末《そまつ》な男用の服と帽子だ。ドレス姿では人目につく。「これに――」

何を企《たくら》んでいると言わんばかりにエディスは固く身構えている。

着替えてもらうのを、エドマンドはあきらめざるを得なかった。服を革袋に突っ込みながら、拳の傷も痛くておもしろくない。

「トスティーグがどこにいるか心当たりは?」

あ、とエディスは顔を上げた。「それが目的?」

「何?」

「心当たりがあったとしても、言いません」

いちいちむかつくのは大人げない。「なるほど。口が堅いのはいい心がけだ」

おかしい。エドマンドは理解に苦しんだ。あの山羊小屋で背中を一生懸命さすってくれた優しい少女はいったいどこだ。ローフの葬儀で見たあの優しい娘はいったいどこに行った。

「聞け」

だが、それでなくても硬い表情のエディスは、さらに不審げな眼差《まなざ》しを返してきた。エドマンドは一つ息をつくと、努めて静かに言って聞かせた。

「頼む、聞いてくれ。信じられないかもしれないが、今度のことはまったく知らされていなかった。父の命令でテムズの視察に出ている隙にしてやられたんだ。せめておまえだけは助けたいと思い、ストレオナについてきた」

エディスは警戒を解こうとしない。「私を森に隠したのは?」

「隠したくて隠したんじゃない。おまえが勝手に逃げたりするから――」

「修道院に入れられてしまえば、もう領地を取り戻すことはできない」

エディスは悔し涙を浮かべた。

「シガファース様の無念を晴らせるとは思えない。でも、相続人の私が生きのびなければ、あの美しい領地を王から取り戻すことはできない」

エドマンドは思わず声をなくした。

かわいそうなエディスを助けてやらねばと思い、ここまでやってきた。だが、エディスを哀れんでいた自分のほうが、よほど哀れではないか。父王の横暴なやり方に我慢ならないのに、何もできず手をこまねいているだけだ。王宮が二つに分裂するのを恐れるあまり、表だって『デーン派』の味方もできない。

その結果、かけがえのない盟友を二人も失ってしまった。

（おれはいったい、どうしたいんだ）

自分が不甲斐なくて、エドマンドはエディスの顔をまともに見ることができなかった。

「途中まででもいい。無事だと思えるところまで送らせてくれ」

「国王陛下には、なんと申し開きされるつもりです」

「沿岸視察に行くと言い置いてきた。いつものことだから心配ない」

父王は今ごろ満足しているだろうか。

『デーン派』はあえなく一掃され、廃嫡はまぬがれたもののエドマンドは孤立無援になった。この先どうすればいいのかわからない。

（とりあえずはこのエディスだ。早くトスティーグの元に送り届けねば――）

のどかに草を食《は》んでいる馬に乗り、来い、と鞍の上からエディスに手を伸ばすと、ややあってから、エディスが両手を差し出してきた。

飾りのない金の指輪が左手の薬指にある。

（シガファース）

鞍の上に引き上げてやりながら、エドマンドはエディスの心中を推し量ろうとした。夫シガファースを斬首され、領地も館も取り上げられ、修道院に送られかけたうえに、父親のトスティーグも追われている。命じたのはすべてエドマンドの父王だ。

（おれに心を許さないのは当然だ）

エディスとまたあえたことをエドマンドは神に感謝した。「すまない。あんなところに置いていって」

「じっと待っていたわけではありません」

エディスは前を向いたまま悔しそうに言った。「逃げようと何度も思ったのです。逃げるべきだと思って」

葛藤したに違いない。それでなくても、自分の手も見えないような夜の森だ。どれだけ恐ろしかっただろう。「すまない」

いきなりエディスが手を伸ばし、エドマンドの手綱を引いた。そして馬が完全に足を止める前に鞍から滑り降りてしまった。エドマンドは青くなった。

（また逃げる気だ）

とにかく何をしでかすかわからない。待て――とあわてて飛び降りると、すぐ目の前にエディスが立っていてぶつかりかけた。

「背中を向けていただけませんか」

「背中？」

エディスは鞍に下げた革袋に手を突っ込み、さっきエドマンドが戻した従者風の服を引っ張り出した――と思ったらいきなりドレス《ブリオー》を脱ぎだした。

あわててエドマンドは背中を向けた。

慣れないズボン《ブレー》を穿《は》こうとしているらしく、「あれ？」とか「ん？」とかエディスがつぶやくのを背中で聞きながら、エドマンドは小さく息をついた。

警戒を解いたわけではないが、とりあえず、エドマンドが持ってきた服に着替えてくれている。エドマンドも自分のシャツの裾を裂いて右手にぐるぐる巻き付けた。痛くてたまらない。どうかしていた。大木の幹を思い切り殴るなんて、もう金輪際しない。

「これでいいのでしょうか」

振り向くと、貧相なウールの上衣《チュニック》がぶかぶかで、小柄なエディスがますます小さく見える。帽子をかぶせたらまるで子どもだ。こんなひどい格好を貴族の娘にさせるなんて。

「すまない」

ズボンのひもを締め直してやりながらエドマンドが詫びると、エディスが長い袖からなんとか手を出そうとしながら首を横に振った。

「シガファース様がされたことに比べれば、なんでもない」

脱いだ薄手のドレス《ブリオー》をくるくると丸めようとしたエディスは、何かを取り出し、どうしたものか、手に持ったままめずらしくちょっと迷った。

（何だろう）

エディスは一つ息をつくと、それを胸元にしまい込み、ドレス《ブリオー》をたたんで革袋の中に押し込んだ。「行きましょう」

エドマンドはエディスを鞍に引き上げた。馬は、さらに東を目指してひた走った。

＊

イースト・アングリアに近づくにつれ、エディスの覚えのある道が増えてきた。

エディスに指示されるまま街道をはずれ、畑のあぜ道や、刈り取りの済んだ麦畑を駆けた。

「遠乗りで来たのか？　トスティーグと？」

無言でうなずいたエディスに、エドマンドはひどくうらやましい気持ちにさせられた。トスティーグのような父親を持つエディスがうらやましかったし、エディスのような娘を一人ひっそりと育ててきたトスティーグが、男としてうらやましい。とにかく仲のいい父娘《おやこ》らしい。

しばらく細い川沿いに駆け、大きな家の裏庭に入ったところでエディスが手綱を引いた。裏から近づいたのですぐにはわからなかったが、表に回ると、街道に面した馬屋を兼ねた宿屋だった。エドマンドも何度か立ち寄った覚えがある。

「ずいぶん近道したな」

感心するエドマンドから手綱を受け取ったエディスは、馬をねぎらいながら馬留めにつないだ。すると、宿屋の扉が開き、エプロンの裾をぎゅっと握りしめた女がそっと顔をのぞかせた。エドマンドには見覚えがある。この馬屋の女将《おかみ》だ。女将ももちろん覚えているらしく、エドマンドをひとにらみしてから、恐る恐るエディスに声をかけた。「もし?」

　エディスが振り向いた。

「ああやっぱり」

　女将はその場に座り込み、エプロンを顔に押し当てておいおい泣き出した。

　するとエディスはあわてて女将に駆け寄った。そして何も言わず、そっと寄り添って背中に手を当てたではないか。

(あの子だ)

　エドマンドは胸が一杯になった。

(あの子だ――山羊小屋にいたあの優しい子だ)

　女将がひとしきり涙した頃合いを見計らって、エディスは静かに頼んだ。「お願い、馬を替えたいの。できればもう一頭ほしい」

「どちらへ」

「館はどうなっているか知ってる?」

「だめですお館は。陛下の――」

　女将に再びにらまれ、エドマンドはたじろいだ。

　とにかく中へと、導かれたのは宿屋の食堂で、テーブルと椅子が並んでいる。粗末な帽子を脱いだエディスを、あらためて上から下まで見た女将がまた嗚咽を漏らした。

「なんてお姿――嫁がれるお嬢様を、村中総出で華やかにお見送りしてから、まだ一週間もたっていない」

「館は」

女将は言うに堪えないとばかりに顔を背けた。「焼け落ちたっていう噂です」

声を失ったエディスに、女将もあらためて涙ぐんだ。「昨日の朝、すごい煙がここらへんからも見えて——あっちから来る人に聞いたら、燃えてるのはお館だって言うじゃありませんか。そしたら、教会前の広場におふれが出たそうで、殿様のご領地もお館も、全部国王陛下が没収されたから、殿様の居場所を知ってる者がいたら、すぐに知らせろと」

「馬をお願い」

これで——とエディスは懐の革袋から硬貨を出して女将に握らせた。「お願い、私はここに来なかったことにして。エドマンド様のことも誰にも言わないで。お願い」

うなずいた女将はすがるように尋ねた。「でも、これからどちらへ」

「わからない」

「何も召しあがってないんじゃあ？　せめてシチュウだけでも」

あたふたと椀《わん》をつかんだ女将にエディスは目を伏せた。「ごめんね。心配かけて」

「水くさい——怒りますよ」

扉が突然押しあけられ、馬屋番の少年が飛び込んできた。

「騎士たちが——」

蹄の音はすでにすぐそこまで近づいていた。エドマンドの馬はすでに見つけられたはずだ。逃げ出す暇はない。エドマンドはエディスの腕をつかむと一番隅のテーブルに走り、椅子に座りながらエディスを背後に回した。マントに身を寄せたエディスが息を殺した瞬間、勢いよく扉が押しあけられた。

「エドマンド様」

ストレオナは入ってくるなり薄暗い室内を隅々までうかがった。「こんなところで何を」

「女将のシチュウを待ってる」

エドマンドは正面から悠然とストレオナをにらんだ。

「父上に叱咤《しった》され、眠れそうもなくてな。シガファースの寡婦が逃げた森に戻ったら、いったい何を見たと思う?」

ストレオナは首をかしげた。「娘の遺骸がありましたか?」

「だったら良かった」

エドマンドはにこりと口角を上げた。「おれが見たのは、死んだように眠るおまえの部下たちだ。馬を番犬がわりに、二人でぐっすり眠りこけていた」

うろたえるストレオナめがけて、エドマンドはテーブルの上にあったカップを思い切り投げつけてやった。

「だからあんな小娘にも逃げられてしまうんじゃないか。今ごろこんなところにのこのこやってきて、それで捜しているつもりか」

「申し訳ありません」

「謝る暇があったら、とっととあの森に戻れ。娘の遺骸が見つかるまでロンドンに帰れると思うなよ」

もう一つカップを投げつけられたストレオナがあたふたと飛び出していくと、背中でエディスが安堵の息をついた。くすぐったくてエドマンドは少し身をよじった。

女将は椀を握ったままままだ震えが止まらない。

「女将さん」

エドマンドは微笑んだ。「人に物を思いっきり投げたことがあるかい？」

「まさか」

「今初めて投げたけど、結構気持ちがいいもんだな。嫌いなやつが的なら悪くない。くせにならないよう気をつけなきゃあ」

いたずらっぽく肩をすくめたころには、女将の表情もようやく和らいでいる。

＊

馬屋の厩舎で鞍を載せていると、女将がぱんぱんにふくらんだ革袋を四つも持ってきて鞍に下げた。二人は礼を言うのもそこそこに、再び馬を走らせた。

だが、生まれ育ったイースト・アングリアを目指して飛ぶように駆けていた先程までとはうってかわって、エディスは明らかに行くあてを失っていた。

固く張りつめた横顔をうかがいながら、エドマンドはエディスを心配した。ここ連日の疲れもあるはずだ。

道が分かれているところで、とうとうエディスは自分の馬を止めた。

地平線までなだらかに続く畑に、午後の日差しが金色の薄いヴェールをかけている。エディスは見るともなくながめながら力なくつぶやいた。

「父さまももう、殺されたのかもしれない」

エドマンドはあわてて否定した。「王がふれを出したのは、トスティーグが捕らわれてない証拠だ」

「陛下は――」

エディスは力なく首を横に振った。「陛下は何を考えておられるのでしょう。父やシガファース様がイングランドのためにならないことを何かしたと?」

返す言葉もなかった。エドマンドはやっとの思いで声を絞り出した。

「すまない」

顔を上げたエディスは、やがて悔しげに言った。

「もうここで結構です。どうぞロンドンにお帰りください。シガファース様もおっしゃっていました。あなたは、けっして動くなと」

あれは結婚式の前夜、別れ際だった。動くなよとシガファースがしつこいほど念を押したのだ。何があっても動くんじゃない。おまえまで失うわけにはいかないと。

「もうお帰りください。私のことはご心配なく」

エディスの馬が駆け出したが、エドマンドにはどうすることもできなかった。エディスの口調と表情が物語っていたからだ。エドマンドを案じて別れたのではない。愛想《あいそう》を尽かされたのだ。

エドマンドは馬の首を返し、とぼとぼ歩かせた。

(どこへ帰れって?)

いったいどこへ帰って、一人で何をしようというのだ。エドマンドは再び馬の首を返し、馬に頼んだ。「頼む、追ってくれ」

エドマンドが追いかけてくるのに気づいたエディスは、馬をせかせて逃げようとした。その前に出て、行く手をさえぎると同時に鞍から飛び降りたエドマンドは、エディスの馬の手綱をつかんで止めようとした。

するとエディスの馬はいやがるどころか、逆にエドマンドに顔をすり寄せてきた。

あわててエディスが引き止めても、馬は言うことを聞かない。むしろエドマンドに、どうした、もっといっしょに走ろうと言わんばかりに誘いをかけてくる。

エディスは鞍の上からなすすべもなく見ていた。

「オックスフォードになんか、行ってほしくなかった」

それは、エドマンドが初めて聞くエディスの年相応の声だった。

「引き止めれば良かった――でも、私が何を言ったって聞こえなかった。だってシガファース様の頭は、大好きなあなたで一杯だったもの」

「おれ？」

「そう。シガファース様は私を放り出して馬で飛び出していかれた。陛下がまたエドマンドを困らせてる――それだけ言われて」

エドマンドは思わず唇をかんだ。

「おれが餌か」

乾いた声が少しかすれた。「やつら、おれを餌にしたのか」

その夜は、シガファースとエディスにとって初めての夜になるはずだった。エドマンドは父王を憎んだ。

エディスは声もなくうつむいた。

感情をあふれさせるだけの気力がもう残ってなかったのだろう。つぶやくのがやっとだった。

「あなたなんか、大嫌い」

偽らざる気持ちに、エドマンドはもう謝ることすらできなかった。

＊

とにかく、トスティーグが潜伏しそうな場所に行ってみるしかない。

東に馬を駆けさせ、北海に面した海辺に出たころには日が傾いてきた。小さな漁村から少し離れた海岸べりに、火事で焼け落ちた修道院の廃墟《はいきょ》があるのをエディスが知っていた。そこに馬をつないで薪を集め、暗くなるのを待って小さく火をおこした。

馬屋の女将が鞍に結びつけてくれた革袋には、想像したとおり、パンや水、葡萄酒、干し肉がぎっしり詰められていた。エドマンドにはうれしかったが、エディスは結局、食べ物にはほとんど口をつけなかった。水だけ飲んで手を濡らすと、その手でほんのり色を帯びた額を押さえた。

左手の薬指に、指輪がある。

シガファースがどんな神妙な顔でこの指輪をはめたのか、見てみたかった。どうして式に列席しなかったのだろう。悔やまれてならなかった。あれほど誘ってくれていたのに。

（幸せだっただろうな）

シガファースは、このエディスにぞっこんだった。のろけ話をもっと聞いてやれば良かった。他にも話せば良かったと思うことがたくさんある。

もう二度と会えないなんてまだ信じられない。

「ほんとに花束を抱えてきたのか？」

エディスは小さく息をついた。

「あのきれいな花を、シガファース様がご自分で摘まれたのか、それとも女たちに命じて摘ませたのか、そのうち聞きたいと思っていたのに」

「自分で摘んだに決まってる」

エドマンドは断言した。「求婚する相手に贈る花を、女たちに摘ませるやつじゃない」

とはいえ、麦畑のあぜでせっせと花を摘むシガファースの姿を想像したエドマンドの頬は思わず緩んだ。

エディスは長いまつげを伏せた。「父のほうが花を見て喜んでいました。この話を進めるよ。いいね？　って——正直、よくわからなかった」

「どうして。あんなにいい男なのに」

「だってたった一回会って、ちょっとお話をしただけ——でも、父を信じることにしました。おかしな男とは結婚させないはず」

「それはそうだ」

「それに、少しだけ思いました。雰囲気が、なんとなく父と似てる」

二人を思い比べるのに苦はなかった。二人並んで、よく話し込んでいたからだ。その隣には兄のアゼルスタンやモアカーなどもいて、おいエドマンドおまえも来いと呼ばれるとうれしくて、犬ころみたいに駆けつけたものだ。

皆、どうしたらこの小さな島国イングランドを、強国デンマークやノルマンディー公国から守れるか、それればかり考えて話し合い、動いていた。

頼れる兄貴分をことごとく失ってしまい、どうしていいかわからない。

（とりあえずエディスを無事なところまで送り届けなければ――）

火に薪を足したエドマンドは、前線で野営するときのように『オファの剣』を足の間に立て、両手を柄の上に置いた。「寝ろ」

首を横に振ったエディスの顔には、明らかに疲れが浮かんでいる。

「いつから寝ていない」

エディスは記憶をたどった。「最後に寝たのは、式を挙げた夜――シガファース様が飛び出していかれたあとです。次の夜は結局一睡もできませんでした。夕方、知らせが来て」

「どこから」

エディスはきゅっと口をつぐんだ。

軽々しく名前を出せば、迷惑がかかると思ったのだろう。「シガファース様が、オックスフォードで処刑されたらしいと、ひそかに知らせていただいて――でもそれ以上何もわからず、連れていったはずの騎士たちからも連絡がなくて」

エディスは、自分でも少し整理したかったのか、淡々と振り返った。

「何かの間違いだと思いました。それともまたデンマークが上陸してきたのかと、あちこちに人を走らせ、待っているうちに夜があけ、最初に、モアカー様の館に走らせた騎士たちが戻ってきて——モアカー様の館が、王兵に囲まれていると。どういうことかと皆騒然となりました。何人かは殺気立って駆けつけようとしたのをオールガが必死に止めて——だんな様が戻られるかもしれないし、ここにも王兵が押し寄せてもおかしくないから、館の守りをかためろと」

「何人いたんだ」

「騎士は十五。従士も同じくらいしかいませんでした」

貴族の館にたくさんの騎士や従士が常駐しているわけではない。戦となって初めて所領から男たちが従士として集められ、騎士たちが従士たちを率いて軍隊を作るのだ。デンマークの侵攻が予期されるので、男たちはいつ召集されてもいいようそれぞれ家で準備はしているはずだが、とっさの戦力にはなりにくい。

「とにかく男手を集めて、馬屋番にも料理番にも武器を持たせ、子どもがいる女たちは家に帰して——」

エディスは一つ息をついた。「固パンを焼く手伝いをしていたときでした。オックスフォードに走らせた騎士たちがようやく戻ってきて、だんな様の棺が帰ってきたと——急いで広間に駆けていったら、みんなあわてて棺のふたを閉めて、私に見せてくれないんです。私、腹がたって——だって私はイースト・アングリアの娘ですよ？　戦から戻った兵の手当てもしたし、何人も最期を看取りました。遺体を迎えるのも私の仕事だった。むごい遺体を見ても吐いたりしない。せめてお顔だけでも、と言ったら、みんな泣きだして」

乾いた声が、少しとぎれた。「ないんです、って——首は、どこか別の場所にある。ここにはないって」

エドマンドは顔を背けた。

「私、言いました。もしないのなら、わからないじゃない、これは、誰か別の人かもしれないって。そしたらオールガがぼろぼろ涙をこぼして——二年前の戦で、だんな様は左腕を矢で射られた。あのときの傷跡を皆で何度も何度も確かめた。他にも覚えのある刀傷がいくつもある。間違いない。これはだんな様だって」

二人は目を閉じた。

*

うちよせる波の音が、遠くかすかに聞こえてくる。

岩場に潮が優しくふれては引いていく。その果てしない繰り返しが、まるで子守歌のようにエドマンドの心にしみた。シガファースの死を思わずにはいられない。いったいどんな気持ちだったろう。無念だったに違いない。

他でもない、エドマンドの父が、彼を処刑したのだ。

(父上が本当に殺したかったのは、このおれだ)

王位継承権を持つエドマンドを、大義名分の通る方法で始末したくて、父はずっと機会をうかがっている。昨日は絶好のチャンスだった。シガファースとモアカー兄弟を処刑したといきなり聞かされたエドマンドは、今度こそ父王に対して動かしがたい殺意を抱いた。もし剣を抜いていれば、王の前だ。逆心を抱いたと見なされ、衛兵たちにめった刺しにされていたに違いない。父王やエマの思うつぼだったわけだ。

（おれを殺したくて、シガファースとモアカー兄弟を処刑したようなものだ）

死は、それほどこわくない。

エドマンドは戦場で否応《いやおう》なしに剣をふるってきた。倒したうちの何人かはあのまま確実に命を落としただろうし、逆に、問答無用で何度も襲われ命を奪われかけた。それでも王子たるもの簡単に逃げるわけにはいかない。修羅場をくぐるうち、いつの間にか死ぬ覚悟ができ上がってしまった。イングランドを守るため、戦う同志と共に戦場で死ねたら本望だ。こわくない。

だが平時、何もできないままだまし討ちにされるのだけはごめんだ。

（このままではいつ父上に謀殺されるかわからないし、おれのために志ある者がことごとく殺されてしまう。行動を起こすべきだろうか。どんな行動を？　でもアゼルスタンはいつも言っていた。今は動くべきではない。イングランドを二つに割るわけにはいかない。国を挙げてデンマークの来襲に備えろ、と）

エドマンドは小さく息をついた。

どれだけ剣の柄を見つめても、答えは返ってこない。

（この『オファの剣』にふさわしい男になりたい――）

気が付くと、横でエディスも『オファの剣』をぼんやり見つめていた。

結局エディスは二晩続けて寝ていないことになる。

「目を閉じるだけでも違うぞ」

「エドマンド様が来てくれて、うれしかった」

エディスは力なくつぶやいた。「棺を囲んで、つらくて悲しくて、不安で――気が立って暴発寸前の騎士たちもいたし。そこに、エドマンド様が駆けつけてくださった。うれしかった。これでオックスフォードで何があったのかわかるし、力になってくださる。シガファース様の名誉もきっと回復できると皆ほっとして表に駆け出したのに、あなたは結局、父親である国王陛下の代理で来ただけだった。領地をすべて取り上げ、私を修道院に連れていくと」

エディスは唇をかんだ。「抜いてもいない『オファの剣』で脅され、騎士たちは身動き一つとれないでいた。私、自分の目が信じられなかった。エドマンド様が、他でもないシガファース様の騎士を脅すなんて。こんな卑怯な人を助けようとしてシガファース様は殺されたの？」

エドマンドは苦笑しようとして、うまく笑えないままうつむいた。

「あれは、いい平手打ちだった」

「謝りません」

きっとエディスは、あなたなんか大嫌いと言ったときと同じ顔をしているはずだ。エドマンドは重い気持ちで立ち上がった。「それでいい」

少し夜風に当たりたかった。自分を冷えた風にさらしたい。崩れかけた煉瓦《れんが》壁を乗り越え、立ったまま海の方向に目をやった。

何年も沿岸警備をしているうちに、海面をながめるのが習慣になってしまったらしい。

それとも、無意識のうちに、何か異変を感じ取っていたのか。

沖合に、小さな明かりが一つ浮かんでいる。

驚いたエドマンドが目をこらすと、明かりが大小二つに分かれた。小さいほうの明かりがゆらゆらと少しずつ明るさを増している。

沖合に碇《いかり》を下ろした親船から小舟が離れ、こちらに近づいているのだ。イングランドの軍船は今この海域にはいない。エドマンドはうんざりした。

「なんでこんなときに――」

煉瓦壁を飛び越え、たき火を蹴散らすとあたりは闇に閉ざされた。驚くエディスの手をつかんで馬へと急いだ。「デンマーク船がいる」

エディスが息をのんだ。「沖に？」

「そうだ。小舟が来る」

月明かりだけを頼りになんとか手綱をつかみ、息を詰めながらさらに海上を見た。

（こちらのたき火に気づいただろうか）

あの小舟を迎えに、誰かこのあたりに来ていてもおかしくなかった。人の気配を嗅ぎつけたのか、馬たちが落ち着かない。いななくのを抑えながらあたりの様子をうかがっていると、いきなり夜空の星が見えなくなった。

松明が四本、海岸沿いにこちらにまっすぐ馬で近づいてくる。

（しまった）

やはりこちらのたき火が見つかったのだ。いきなり火が消えたのでかえって怪しまれたか。

中にはエドマンドの顔を知る者だっているかもしれない。もしイングランドの王子――王軍の実質的な指揮官がデンマーク軍の捕虜にされれば大事だ。

事の重大さに気づいたエディスが声を震わせた。「私が囮《おとり》になります」

すでに馬に乗りかけているのをあわてて抱きおろすとエディスは怒りだした。「エドマンド様だけなら切り抜けられます」

「ふざけるな」

いや待てよ、いい考えだと気づいた。「おれが囮になるから、おまえはここで――」

「ふざけないで」

いきなりエディスが上衣《チュニック》を脱ぎ始めた。またださとエドマンドは理解に苦しんだ。「何してる」

「脱いで。早く」

チュニックを押しつけられてようやくわかった。服をとりかえてエドマンドを従者姿にしようというのだ。刺繍《ししゅう》飾りのある上等な上着を脱がされ、貧相なウールのチュニックをかぶったエドマンドは、腰の剣に気づき、どうしようと息をのんだ。

「貸して」エディスがエドマンドのベルトを強引に外し『オファの剣』ごと奪い取った。

あえなく丸腰にされてしまったエドマンドは、帽子を目深《まぶか》に引き下げながら、それでもまだ困惑していた。いったいどう言えばこの場を切り抜けられる？

間もなく屈強な男が六人、目の前に馬で乗り付けてきた。明らかにデンマーク人だ。こんなところで何をしていると言わんばかりに松明を突きつけてきた。

エディスが立ち上がった。

「私はイースト・アングリアのエディスです」

エドマンドは思わずエディスを見たし、相手はもっと驚いた。「イースト・アングリア伯のご息女か?」

「そうです」

エディスは胸に抱きかかえた『オファの剣』の重さに耐えながら言った。「シガファース様の館から、従者といっしょになんとか逃れてきました。父のイースト・アングリア伯を捜しています。誰か知りませんか」

エディスが着ているエドマンドの青い上着は上等とはいえぶかぶかだ。それでもエディスのあまりにも堂々としたたたずまいと物言いが、男たちの態度をたちまちあらためさせた。あわてて馬から飛び降りた。

「よくぞご無事で」

二騎が知らせに走り、残りの男たちが松明片手にエディスに手を貸し、馬に乗せた。もちろん娘らしく横乗りだ。そのまま手綱で引かれながら、しずしずと丘を下りだした。

その間、エドマンドは従者であることをまったく疑われなかった。

終始あっけにとられていたのが幸いしたのだろう。従者らしく控えめにうつむきながら二頭の馬を引いて最後尾をついていくと、案内された場所は、暗くて全貌がわからないものの、どうやらその漁村の有力者の家らしかった。

簡素だががっしりとした作りの屋内には、各所に明かりがともされまぶしいほどだ。忙しそうな音が漏れてくるのはおそらく奥の台所からだろう。

頑丈な階段を二階に上がった。

だが、さすがに従者は部屋にまでは入れない。エディスも同じことに気づいたのだろう。剣を重たげに抱いたままエドマンドを振り向いた顔が、ほんの少し頼りなげに見えた。

(大丈夫だ、ここにいるから)

エディスは案内された部屋に入っていった。

エドマンドは階段ホールの隅に置かれた従者用のベンチにやれやれと腰を下ろした。

(つまり、トスティーグもイングランドを見限って、デンマークについたということだ)

当然だと思った。あんな王は見限られて当然だ。トスティーグが無事に王の追っ手から逃れてくれて本当に良かった。これ以上犠牲者が出たらやりきれない。

(エディスめ)

エドマンドは愉快だった。

こんなことになる以前から、トスティーグはデンマークとつながりがあったのだろう。北海に面したイングランド中西部は古くから海上交易が盛んだし、すでに多くのデンマーク人が移り住んでいる。エディスがこの小さな港町に来たのも偶然ではない。ここまで来ればデンマーク人に接触でき、逃亡中のトスティーグの手掛かりが得られると知っていたのだ。

そうこう考えているうち、外で軽快な蹄の音がした。誰かが馬で駆けつけてきたのだ。おそらくトスティーグだろう。

(良かった)

ようやくエドマンドは肩の荷を下ろした気分になった。

これでエディスをトスティーグに返せる。一安心だ。エディスも安心するだろう。どかどかと階段を上がってくる靴音が聞こえたが、エドマンドはもはや立ち上がるのもおっくうだった。

足音が止まった。

目の前に立ったのは、クヌートだった。

驚いたエドマンドは、声もなかった。クヌートも、自分の目を疑ったまま、突っ立っている。

エドマンドは落ち着こうとした。

なぜデンマークの王子が、イングランドのこんなさびれた漁村にいるのだ。無意識に手が腰にいった——だが、剣がない。

一方のクヌートも混乱を隠せなかった。階段ホールの隅で控える従者にちらっと目をくれたら、従者と思った男はイングランドの王子ではないか。

まさかこんなところであの戦場での続きを始めるわけにはいかない。お互い甲冑《かっちゅう》をつけていないどころか、エドマンドは従者姿、それもありえないことに丸腰だ。クヌートは自分の目が信じられないとばかりにつぶやいた。「剣はどうした」

そこに、恐る恐るエディスが顔を出した。

靴音が急に途絶えたのを不審に思ったのだろう。胸にしっかり『オファの剣』を抱きかかえている。

別の靴音が、ものすごい勢いで階段を駆け上がってきた。「エディス?」

愛娘《まなむすめ》の無事な姿を求めるトスティーグの目に、クヌートや、ましてや従者姿のエドマンドが入るはずもない。まっすぐにエディスに駆け寄り思うさま抱きしめると、エディスのつま先が宙に浮いた。

「神よ、感謝を」

まるで恋人同士のような再会の抱擁《ほうよう》に、エドマンドもクヌートもしばしあきれ、そして心からうらやんだ。エディスの張りつめた気持ちがようやく緩むのがエドマンドにはわかった。

(良かったな、エディス)

トスティーグはエディスを床に下ろし、けがなどないかとあらためて全身を確かめた。「モアカーの妻子が殺されたと聞いたときは、もうおまえもだめだと――」

「殺された?」

優しい義姉と愛らしい子どもたちを思い涙声になったエディスに、トスティーグも悔しげにうなずいた。「二人の領地財産を取り上げるのも王の目的だった。相続人を生かしておくはずがない。よく逃れることができたな」

「私は、修道院に送られ――」

「いや、きっと送る途中、どこかで抹殺されるはずだった」

エディスはうろたえた。まさか途中で殺されるとは思わなかったのだろう。

「エドマンド様が――」

「エドマンド?」

しかしすでにそのときエドマンドは、足早に階段を下りている。

「待って」

エディスはあわてて『オファの剣』を投げようとした。だがエディスが簡単に投げられるような重さでない。

すると横からクヌートが無造作に取り上げたではないか。

あっとエディスが取りすがったが、かなうはずもない。「だめ！　返して」

エドマンドは足を止めた。

クヌートが、『オファの剣』の重心を確かめながら驚いている。感じ入ったように、しきりにうなずいた。

「いい剣だ」

エドマンドは思わずにが笑いした。「それは兄の剣だ」

もしここでクヌートのものになっても致し方ないと思えた。

「おれには重すぎる」

驚いたクヌートが眉根を寄せた。

「そんなはずはない」

よほど腹立たしかったのか、いきなり鞘ごとエドマンドに投げつけてきた。両手で受け止めたエドマンドは驚いたし、クヌートもそんなつもりではなかったのか、しまったという顔になった。

クヌートが何か言いかけた。あわててエドマンドは背を向けて逃げた。

本当は、もっと言葉を交わしてみたかった。しかしクヌートは言うかもしれない。王を見限りデンマークにつけと。盟友を謀殺するような王に、いったいいつまで従っているつもりかと。

いったい何と答える。

（見限るわけにはいかない。父上は、ただエマに目が眩んでいるだけだ——どうして目を覚ましてくれない）

「エドマンド」

クヌートが、まるで幼なじみでも呼ぶかのように声を発した。

振り返りたい気持ちを押し殺し、エドマンドはその場をあとにした。

五

一人ロンドンに戻る道は、いたずらに長く退屈で、エドマンドはすっかりうんざりしてしまった。

寝ていないせいかと思ったが、早く王宮に戻って横になりたいとも思えない。頭はいやになるくらい冴《さ》えている。

（こんなときはシガファースの館に寄るに限る）

と思ったエドマンドは、自分の父親がシガファースを謀殺し、もうどこに行こうが彼には会えないことを思い出して、呆然とするしかない。

殺されたと聞いた直後は、とても信じられなかった。悲しみよりも怒りが先行した。彼の死を受け入れたくなくて、悲しみを封じこめたのかもしれない。

こうして、ふとしたきっかけに、彼に二度と再び会えない事実を突きつけられ、そのたびに胸を引き裂かれる。悲しみは癒えるどころか、増すばかりだ。

気軽に立ち寄れるような貴族仲間の館はもうどこにもなかった。もしエドマンドが立ち寄れば、王に痛くもない腹をさぐられる。これ以上仲間を失うわけにはいかない。

結局エドマンドは王宮に使いを出して、南の海岸沿いにいくつか防衛拠点を視察しては兵たちと雑魚寝をして過ごした。そして三日目の昼下がりにようやくロンドンに戻った。

市街をふらふら馬で行くと、またあちらこちらから声がかけられた。顔見知りと世間話をし、新しく来たという操り人形劇をいっしょに見るうち、少し気持ちが上向いてきた。

王宮に入り、自室に向かう廊下を歩いていると、わめき声が聞こえてきた。

エドマンドは苦笑した。

（またごねているな）

足は自然に声のするほうへと向かった。

「どうした、エドワード」

異母兄エドマンドが姿を見せると、エドワードはたちまち恥ずかしそうにしゅんとなった。先天性白皮症《アルビノ》である彼には、日常生活での制限が多い。白金色の細い髪に手を置いたエドマンドは、赤く澄んだ瞳をのぞき込んだ。

「驚くなよ。中庭のあたりからおまえの声が聞こえていた」

「ごめんなさい」

「謝るべき相手を間違えるな」

エドワードは、養育係や使用人たちに詫びた。「みんな、ごめん」

めずらしいことに、今日は母親のエマがエドワードの部屋にいた。手を焼いていたようで、困り果てた様子でエドマンドにこぼした。

「お庭に出たがって――」

エドマンドは異母弟に尋ねた。「なぜおまえは庭に出られない？」

エドワードは赤い唇をかんだ。

「日の光が、悪さをするからです。ぼくは、目も肌も弱いから」

「卑屈になるな。弱いところは誰にだってあるさ」

誰にでも？　とエドワードは顔を上げた。「エドマンド異母兄さんにも？」

「もちろんだ」

「え？　何？」

「実はな」

エドマンドは笑顔でエドワードを呼び寄せると、並んで腰を下ろし、声をひそめた。

「実は、おまえにも言えないんだ。弱味だからな。誰にもばれないよう、意地を張ってがんばってる」

そうなんだあ、と頬を染めたエドワードの瞳は、まるで騎士道物語に登場するあこがれの騎士でも見るかのようにきらきらと輝いている。エドマンドはくすぐったい気持ちを抑えながら言い聞かせた。

「忘れるなよエドワード。皆おれたち王子を強くは叱れない。自分を甘やかすな。我に返って恥ずかしくなるような真似《まね》をしてはだめだ」

はい、と真剣な表情でうなずいた異母弟のために、城下で買ってきた干し果物を懐から出した。エドワードがうれしそうに手を伸ばしてきたので「こら」と叱った。

「毒見もなしに食べちゃだめだ」

「でも、異母兄さんがくれた物を」

「誰がくれたものでもだ」

義母上、とエマを見た。「どうして毒見の犬をエドワードのそばにおかないんです」

「だめだよ」

エドワードがあわてた。「毒が入ってるかもしれない物を犬に食べさせるなんて」

小鼻をふくらませて怒る異母弟の優しさが、エドマンドには泥沼からすくい上げた宝石のように尊く思えた。エマの子ではあるが、エドワードにはもちろん何の罪もない。エドマンドは異母弟の頭に手を置いた。

「大丈夫。喜んで毒を食べるような間抜けな犬はいない。においを嗅がせて犬がそっぽを向いたらおまえも食べるな。それだけだ」

「そうか」

笑顔を取り戻したエドワードは、いきなり立ち上がった。

「ぼくちょっと猟犬小屋に行ってきます。足を痛めた犬がいて、犬番たちが困ってたんだ。連れてくるからここで待ってて」

駆け出した少年を、何人かがあわてて追いかけていく。

しまったなとエドマンドは肩をすくめた。「余計なことを言ったかな」

何か花が香る――と振り向いたら、いつの間にかエマがすぐ隣に座り身を寄せていた。

「ひどいおけがを」

右の拳に巻き付けた布がほどけかけていて、青く腫れ上がった手の甲と痛々しい傷がのぞいている。あわてて左手で巻き直そうとした布の端を、エマの細い指に取り上げられ、そのままほどかれてしまった。

「たいした傷じゃない」

「いったいどうされました」

「馬です。馬。落ちた場所が悪くて」

エマは驚いた。「エドマンド様が、馬から？」

もしあなたに何かあったらどうしようと不安そうに揺れるエマの瞳が、エドマンドをいつも劣勢に立たせる。

「もっと大切にしてくださらないと――」

エマは自分の袖口に手を差し入れると、なんと肌着を裂いて引き出した。そしてそのままエドマンドの傷にそっと当て柔らかく巻き付けてくれた。布にはまだ肌のぬくもりが残っているし、エマの髪の甘い香りが直接鼻腔《びこう》から脳を惑わせる。あわててエドマンドは遠くに目をやった。

「エドワードのやつ、本当に猟犬小屋まで行ったのかな」

「ありがとうございます。なだめてくださって」

なだらかな肩の線をさらに落としてエマがささやいた。よほど手こずっていたのか、目の縁が淡く染まっている。

「あの子ったら、ほんとに困ってしまう」

「いいやつですよ」

エドマンドは自信を持って保証した。「エドワードといると、昔教会で聞いた天使の話を思い出す」

天使——？　と、かすかな笑みを浮かべ、エマは物憂げにまつげを伏せた。

そして布を巻きつけたり直したりしながら、困ったようにこぼした。

「あの子が言うことを聞くのは、もうエドマンド様だけ」

「好きに外に出られないので、もどかしいんですよ。おれも話を聞いてやるようにしますから、あなたももう少しそばにいてやるようにしたら」

「どうして？」

幼児のように見開かれたその瞳が、逆にエドマンドを戸惑わせた。明晰《めいせき》なはずのエマが、なぜそんなこともわからない。

「だって母親でしょう」

ごく当たり前の理由が、エマをますます戸惑わせたらしい。「でもそばで何を？」

何をって、母親らしいことを——と言おうとしてエドマンドもわけがわからなくなってしまった。とにかくエマは母親らしくない。エドワードといても親子には見えない。

本当にこの人がエドワードを産んだんだろうかとさえ思っていると、エマもさすがに自分が恥ずかしかったのか、まつげを伏せた。

「私、だめな母親です」

しょんぼりとした声音が頼りなげだ。これも何かの罠だろうか。いや、こぼれる弱音を聞いてもらいたいだけではないのか？　いつものことながらエマはエドマンドの優しい心を惑わせた。

早くこの布を巻き付けるのを終えてほしい。

「だめな母親なんていませんよ」

「いいえ、私、自分の母をよく知らないのです。そのせいでしょう」

それもエドマンドには不思議な話だった。エマを産んだ前公爵夫人はルーアンの宮廷で今もなお健在だ。ずっといっしょに暮らしてきた実の母を『よく知らない』という。エドマンドにはさっぱりわからない。

エマは微笑んだ。

「エドマンド様のお母上様は、とにかくお優しい方だったとみな口をそろえて言います」

死んだ母親はエドマンドの一番の泣き所だ。思わず表情がゆるんだ。

「けど、叱るとこわかったです」

「叱られたの？」

「兄のほうがよく叱られてました。アゼルスタンは、母に叱られるとおれを盾にして、後ろからくすぐるんだ」

美しい瞳が揺れた。

一瞬あってから、エマは花が開くように破顔した。「お母様、叱れなくなるのね？　あなたの笑顔を見てしまうと」

「卑怯な手だ。アゼルスタンらしくない」

「でも使わない手はないわ――あなたの笑顔には何もかなわない」

あわててエドマンドは目を伏せた。

えもいわれぬ微笑みが、目の前で自分を優しく見つめているに違いない。花が香る。

初めてあったときからずっと思っていたのだ。エマほどの女性が、この地上に他にもいるのだろうかと。

こんな傑作を戯れに一つだけ創造したのなら、神も罪深いことをなされるものだ。男なら身を滅ぼしても仕方ないような気がする。

エマが父王をおとし入れているとみな言うが、そんな証拠は何もない。この人が美しいあまり、父王が勝手に軽挙妄動《けいきょもうどう》しているだけなのでは？

（まずい）

エドマンドは今の自分がひどく劣勢なのに気づいた。もちろんこれも罠だ。エマが自分にしかけていることはわかりきっている。だが今は、この優しい罠をはねのける自信がない。

「エドマンド様」

自分を呼ぶ声にエドマンドは救われた。見ると、門番長のオウエンだった。こんな奥まで来るのはめずらしい。エドマンドは立ち上がった。

「どうしたオウエン」

「それが、通用門に仕立屋が来ておるのですが」

「仕立屋？」

当惑した。呼んでいないし、約束した覚えもない。「ライス横町のロイドが？」

「いえいえ」「じゃあ南大通りのアドルファスか？」「そうでもなく」

オウエンは、いやに意味深に、ほら思い出せと言わんばかりに目配せしてくる。

「ほら、エドマンド様のあの青い上着を持ってきておりますよ。言われたとおり繕《つくろ》えたかどうか、確かめていただきたいと」

あっと気づいたのが顔に出かけた。エドマンドはあわてて表情を引き締めた。エディスに着せたあの青い上着を、トスティーグが届けさせたのだ。きっと手紙か何か忍ばせたに違いない。

「失礼します義母上。ああ、どんな犬を連れてきても、エドワードを叱らないでやって」

エマから布の端を取り上げ適当にしばりながら、足早に廊下に出た。通用門へと戻りながら、エドマンドの気持ちはどんどん晴れやかさを取り戻した。

早くトスティーグからの手紙が読みたい。エディスはどうしていることか。少しは落ち着いただろうか。

トスティーグが無事でいてくれて良かった、とエドマンドはつくづく思った。しばらくは大好きな父親のそばでのんびり過ごせばいいのだ。

（クヌートは、デンマークに戻っただろうか）

あれ以来、エドマンドはクヌートをよく思う。

今にして思えば、階段ホールで出くわした瞬間、あれほど混乱したのは、親しく言葉を交わしてみたかったからだ。逃げるように去らなければならなかったのは、いかにも残念だった。あの場にほんの少しでもいられたら——

「え？」

通用門に立っていたのは、エディスだ。

商家の娘のようななりだが、間違いなくエディスだ。現れたエドマンドを見るなり表情を引き締めた。

思わずエドマンドは、頭を抱え込みそうになった。

（どうしてだ）

なんとかトスティーグの元に送り届けてきたのに、なんでこんなところにエディスがいる。どうしたらいい？

気づくと、門番長オウエンが、いやににやにやしていた。彼に手伝わせるしかない。

「わかるだろう？　誰にも見られたくない」

お任せあれとばかりに力強くうなずいたオウエンは、通用門のそばにある納戸《なんど》小屋に誰もいないのを確かめエドマンドを手招きした。むんずとエディスの手首をつかんだのは、また逃げられたくなかったからだ。腹も立つ。そのままさほど広くない納戸小屋に押し込むと声を潜めつつ頭から叱責した。

「いったいここをどこだと思ってる。おまえの命を狙う『エマ派』の巣窟だぞ？」

もちろん承知です、とエディスはうなずいた。

「ですが、私の顔を知る人はほとんどいません」

確かに、エディスの素性を調べるのにシガファースがあれほど苦労したことを思えば、エディスの顔を知る者は城内にいないも同然だ。

それにしてもエドマンドの苛立ちは収まらない。

「トスティーグの元に帰れたのに、どうしてじっとしていられない」

「クヌート様の使いで参りました」

エドマンドはあ然とした。

「言っている意味がわかってるのか？」

「はい」

エディスは落ち着いている。「クヌート様が私に言われました。この上着を使ってロンドンの王宮にもぐり込み、エドマンド様を説得しろと。国王を見限りクヌート様のお味方につけと」

「なんてことをさせるんだ」

エドマンドは思わず天を仰いだ。「くそ、トスティーグがいながら」

「父も――」エディスは使者としての務めを果たそうと必死だ。「父はもちろん、『デーン派』の方々も、皆エドマンド様を惜しんでおられます。なんとかエドマンド様だけは味方につけられないかと気をもんでいらっしゃいます。クヌート様も約束されました。もしエドマンド様がお味方につけば、父王様のお命までは奪わないと」

「おまえが約束させたのか」

どうしてわかったのだろう、とエディスの大きな目がめずらしく泳いだ。「ええ、まあ」

「甘いな」

エドマンドは嘆息した。「女同士でするような甘い約束だ」

意外にもエディスがにこにこしたので、エドマンドはますます小憎たらしく思った。

「何が可笑しい」

「まるで同じことを言われたので」

「誰に」

「もちろん、クヌート様にです。『そんな甘い約束、女同士でしか通用しない』と」

エドマンドは憮然とするしかない。

「ですが」エディスは真顔になった。「クヌート様はこう続けられました。約束は甘いが、信じるも信じないもエドマンド様次第。エドマンド様さえこちらの側につけば、陛下のお命は保障すると」

「そんな口約束、信じられると思うか」

「信じるわけにはいきません」

エディスは言い捨てた。「約束には、形《かた》というものが必要です」

「形?」

「はい。エドマンド様には、約束を破られたときの形が必要です」

エディスはそこで一つ小さく息をついた。「私です」

「おまえ?」

「私、クヌート様に嫁ぐことになりました」

エドマンドは言葉を失った。

当然の成り行きと言えば当然だ。クヌートと『デーン派』貴族たちは、お互いの結びつきをもっと揺るぎのない強いものにしたい。若いクヌートが、『デーン派』のリーダー格トスティーグの娘エディスと結婚することは、単純明快でわかりやすく、手っ取り早い最良の方法だ。

「クヌート様は、婚約者の私をこうして人質としてエドマンド様に預けられました。もしクヌート様が約束を守らなかったとき——つまり、エドマンド様がデンマーク側についたのに父君様がデンマークに殺されるようなことがあれば、もう人質は好きにしていいそうです」

エドマンドは首を横に振った。

「なんてやつだ」

あらためて度しがたい男だとあきれるしかない。妻にするはずの娘を預けてまで、伝えてくるとは。どうしようもない父王などさっさと見限って、こちらの側につけと。

だがもし父王と共にデンマークととことん戦うとエドマンドが返答すれば、クヌートのことだ。容赦はしないだろう。

(勝ち目はない)

良識あるイングランドの貴族たちは、次々とエセルレッド王を見限っている。国王のために命をかける男などもうどこにもいない。

(父上を見限れるものなら、もうとっくに見限っている――)

苛立ちを押し殺しきれずに、エドマンドは息をついた。

「そんなどうしようもない伝言のために、わざわざこんなところまで来るとはな」

「いいえ」

エディスはあわてて懐深くから何かを取り出した。

「私、どうしてもこれをお渡ししたくて――」

受け取ったエドマンドは、裏に返して首を捻った。羊皮紙の手紙だ。封蠟されているが宛名も何も書かれていない。

「クヌートからか」

「いいえ、これはシガファース様が書かれた物です」

驚いたエドマンドは、手の震えを抑えられなかった。

「誰に」

「エドマンド様にです」

「いつ」

「あの夜――」エディスは顔を伏せた。「式の前の夜、エドマンド様がロンドンに帰られたすぐあとです。翌日、オックスフォードに向かわれる直前、封をして私に託されました。『書きかけで、誰にも読まれたくない。預かってくれ』と――ですから、父もクヌート様もこの手紙のことは知りません。まずエドマンド様に読んでいただかなければと」

震える手が、忙しく封を切っていた。丁寧に書かれた文字がきれいに並んでいる。涙が出るほど会いたいシガファースの筆跡だ。


――デンマークからの情報によると、ノルマンディー公がある提案をデンマークに持ちかけている。

クヌートがイングランドを侵攻する最中、エセルレッド王を何らかの方法で暗殺する。そして『エマ派』貴族たちを動かし、次のイングランド王に、おまえでもエドワード王子でもなく、デンマーク王の弟クヌートを指名するから、その見返りに、クヌートは寡婦となったエマを王妃に迎えること。クヌートとエマの間にうまれる王子が、クヌートを継ぐイングランド王となる。

デンマークの返答はまだだ。

もしデンマークが武力でイングランドを征服すれば、デンマークの独り占めだ。対岸のノルマンディー公は黙ってはいない。いずれはデンマークとノルマンディー公国の間で戦になる。強国同士、激しい戦になるだろう。

だが、クヌートがエマを妃《きさき》に迎えれば、デンマークはイングランドを手に入れたうえで、ノルマンディーとも強い同盟を結べる。戦は避けられる。

ノルマンディー公にとっても、甥っ子がイングランド王になるのだから成り行きとしては好ましい。戦も避けられる。

ノルマンディー公が、おまえとエドワードをどうするつもりなのかはわからん。甥っこのエドワードはともかく、おまえを生かしておくはずがない。

悩んだが、結局おまえにはこの話をしなかった。おまえは恐ろしく芝居が下手だからな。陛下暗殺というおぞましい企みを知りながら、王宮に帰ってエマと顔を合わせ、平気な素振りはできないだろう――


　そうかとエドマンドは思い当たった。

(この企みをシガファースたちに知られたので、エマはあわててシガファースたちを謀殺しなければならなかったんだ。あの女の微笑みは、やはり虚飾だった)


――エマをなんとかしなければならない。

そもそもおれたちは、陛下がエマと再婚するのに賛成できなかった。ここまで陛下がエマに取り込まれてしまうとは。恐ろしい女だ。イングランドのために、どうにかしてあの女を始末しなければ。

だがエドマンド。まだおまえは動くんじゃない。アゼルスタンを失った今、おまえまで失うわけにはいかない。エマの始末は、とりあえずおれたちに任せておけ。おまえは今は、デンマークを海の向こうに追い返すことだけを考えてくれ。

残念だが、エマを敵に回せば、ロンドンの父君に叛旗《はんき》を翻すことになるだろう。いや、きっとなる。おまえにはつらいだろうが、そのときはおれたちもいっしょだ。

さっきも別れ際に言ったが、もう一度ここにしつこく書いておく。

おまえを弟と思う気持ちは、アゼルスタンにも負けてはいない。みな同じ思いだ。おれたちがついている。何があろうとおまえの味方だ。たまにはぼやいたり、思い切り吐き出してくれ。おれにならいつ吐き出してくれてもいい――

涙がこみ上げ文字が目で追えない。

だが、ここで泣いたりしたらエディスがあの優しい手で背中を撫でかねない。エドマンドはかろうじてこらえた。

「読むか」

エディスが手紙を読んでいる間に気持ちを落ち着けようと思ったが、エディスはあっという間に読み終えた。そして目を伏せて詫びた。

「すぐにお渡しするべきでした。申し訳ありません」

あわててエドマンドは首を横に振った。

「おれを信用できなかったのは、無理もない」

「それもありましたが――」

唇をかんだエディスは耳まで赤くなった。「まるで、恋文みたいだと思って」

「恋文?」

エディスはよほど恥ずかしかったのか、顔を上げられない。

「だって、エドマンド様と別れたばかりなのに、すぐにまたエドマンド様へ手紙を――それも、あれこれ迷いながら夜更けまでペンを握り、結局書き上がらないまま、私を放り出してエドマンド様のために飛び出されていかれました。私、悔しくて――シガファース様の頭の中には、エドマンド様しかいない」

あなたなんか大嫌いと何度も言われたのを、エドマンドは思い出した。

「自分が恥ずかしくて、申し訳なくて、それでどうしてもこれをエドマンド様にお渡ししなければと」

参った――エドマンドは再び天を仰いで大きく息をつかねばならなかった。

エディスがこんなところまで来なければならなかったのは、すべて自分のせいだ。あらためてエディスの手首をつかまえると念のため確かめた。

「クヌートは、信頼できる者たちをおまえにつけたんだろうな?」

エディスは引きずられながらうなずいた。「ええ」

「城下でおまえを待っているんだな？　なら、今すぐそいつらとクヌートの元に戻れ。人質などいらん。クヌートには別の方法で返答する」

「あの」

エディスは思い詰めた口調で切り出した。

「もし私でよろしければ、代わりに聞きます」

「何を」

「なんでも——吐き出されてみませんか」

「吐き出す？」

足を止めたエドマンドに、エディスは必死な表情になった。

「ほら、この手紙にも書いてあります。あの夜だって、シガファース様は言われました。『おまえは少しいいやつすぎる。ぼやいたり、吐き出すことが必要だ』——吐き出すには、受け止める相手がいたほうがいい。でも今この王宮にそんな人はいないでしょう？　私、父から聞いていますから、だいたいのことならわかります。シガファース様の代わりに、何でも聞きます」

どういうつもりなのか、エドマンドは理解に苦しんだ。

「聞いてどうする」

「どうもしません。父にもクヌート様にも話しません。私なんかに聞かせても、情勢はなんらかわりません。ですから、試してみませんか」

「試さなくても、自分の腹のうちに何があるかくらい、わかる」

「吐き出してみて思ったとおりのものが出たら、それならそれでいい。何が出てくるかわからないからこそ、『吐き出せ』とシガファース様はおっしゃったのでは？」

エドマンドはたじたじとなった。

「なんでそんなに吐け吐けと」

「だって」悔しさと申し訳なさがエディスの顔に入り交じった。「だってあの夜、私があとをついていかなければ、シガファース様ともっともっとお話ができたはず」

つくづくエドマンドは自分を情けなく思った。

シガファースを兄代わりに頼り、甘え、必要としていた。それをたったあれだけで見透かされてしまうとは。

「それに、もし間違っていたらお許しください。先日も、お話しされてみたかったのでは？　クヌート様と」

思わずエドマンドは息をのんだ。

エディスは訴えた。

「お父上を見限ることは、やはり難しいでしょうか」

いったいこの娘はどういう娘なのだろう。トスティーグはどんな育て方をした？　声もなくエディスの瞳に見入るうち、泣き言めいたことを口走りそうになったエドマンドは、あわてて目をそらした。

すると、とんでもないものが視界に入ってきた。

閉めたはずの木の扉に隙間があいていて、エマの瞳が妖しく微笑んでいる。

「抱かれたの？」

ぞっとしたエドマンドは、あわててエディスを背中にかばった。「仕立屋の娘です」

「もう抱かれたのね？」

無邪気な問いを、エドマンドは全力で否定した。「まさか」

エドマンドの子を宿しているかもと疑われただけでエディスの命が危うい。

「服を届けに来ただけです」

「ほしい」

さほど広くもない納戸小屋にするりと入り込んできたエマは、エドマンドが背中でかばうエディスを、まるで見えているかのようにうっとりと見つめた。

「ちょうだい、この娘」

戸惑ったエドマンドは思わずあとずさった。

「ただの仕立屋です。奥勤めなんて――」

「どうして？　賢そうよ。王妃のそばに上がれる機会を逃すはずがない」

さ、おいで――と手を伸ばしたエマは、驚愕するエディスをからめとってしまった。さすがのエディスもなすすべがない。エマの美貌に慣れない者は、皆こうなってしまう。

「楽しみ。おしゃべりとか、あれやこれや」

くすくす笑いながらエディスの肩を抱き、いそいそと納戸小屋から連れ出してしまった。

エドマンドは焦った。

（取り戻さなければ）

正体を知られていないとはいえ、このままにはできない。もちろん罠だ。エマに近づくのは

――いや、彼女の私室がある階に足を踏み入れることさえ、慎重に避けてきた。何か仕掛けてきかねないし、もし父王の耳に入ればどんな誤解をされるかわからない。

だが、エディスがこんなところまで来たのは自分のせいだ。納戸小屋から飛び出しかけたエドマンドはあわてて足を止めた。

足元の暗がりに、小さなかご罠がしかけられている。中身を手早くとりだしたエドマンドは二人を追って正面階段を駆け上った。

笑顔で声をかけた。

「義母上」

ほら、忘れ物――とばかりに差し出した手に、エマはとっさに反応してしまった。エドマンドがしっかり握らせたネズミに卒倒しそうになったエマは、悲鳴もあげられず階段の真ん中に座り込んだ。

「今度猫をつれてきます。お針子より必要でしょう」

放り出されたエディスの手首をつかんで、エドマンドは大階段を駆け下りた。

階段の途中、踊り場にある隠し扉を開くと、使用人用の狭い通路が奥へと続いている。町娘を連れたエドマンドに出くわして驚く使用人たちにいちいち明るく声をかけながら、迷路のような細い裏通路を駆け抜けた。そして回り階段を東の中庭へと下りた。

（馬に乗せたい――だが、厩舎はきっとエマの命令で封じられるはず――）

エドマンドは厩舎を避け、城壁内のはずれにある馬場まで走った。案の定、ちょうど調教を受けている馬がいた。馬屋番から譲り受け、エディスを無理矢理鞍の上に抱き上げた。

エディスは手綱を引いて馬を制しながら、もう一度食い下がった。

「陛下を見限ることは、やはり難しいでしょうか」

エドマンドは短く息をついた。

いいかげんな答えで、この娘を納得させることはできない。

「もしおれが見限れば、父上はもう破滅するしかない。ノルマンディー公の人形となり果て、いいように使い捨てられるだろう。無残《むざん》でみじめな最期を見たくない」

エディスの瞳が、物言いたげに揺れている。

いいや、言いたいことがあるのはエドマンドのほうだった。エディスに話したいことがもっとたくさんある。こみ上げる思いを断ち切るように馬の尻を叩くと、馬はエディスを乗せたちまち遠ざかった。

(これでいい)

エドマンドはそのまましばらく見送った。駿馬だし、エディスの乗馬術ならまず捕らえられることはない。城下にはクヌートがつけた男たちも待っているし、イースト・アングリアまで帰り着けばトスティーグがいる。

これでいい。

エドマンドは王宮の中に戻った。

「父上はどこにおられる」

父王にあう必要があった。エディスが危険もかえりみずに持ってきてくれたこのシガファースの手紙を、父王に見せなければ。

これさえ読めば、エマがどれほどおぞましい悪事を企んでいるか一目瞭然だ。シガファースがイングランドのためを思っていたことだってわかる。きっと父王も驚愕し、目を覚ますに違いない——目を覚ましてほしい。目を覚ましてもらわねば。

「父上はどこだ」

大階段を駆け上り、とりあえず国王の執務室をのぞいたがもぬけの空だ。貴族たちと謁見する大部屋かと走ったが、そちらにも王の姿はない。控え室にもいない。まだ食事時ではないが王族の食事室にも回ってみたが、そこにもいない。

出くわした誰一人として心当たりがないと言うし、外出する予定もないという。

「ひょっとして、ご寝所なのでは？」

午睡をしているのではないかと言われ、エドマンドはあきれてしまった。

「昼寝？」

「最近、日中に休まれることが多いです」

（どこか具合が悪いのか）

仕方なくまた大階段を駆け上がった。

国王の寝所があるこの階には、少年時代のエドマンドたち兄弟の部屋もあったし、亡き母王妃の部屋もあった。母が亡くなりエマが嫁いでからしばらくして、アゼルスタンと下の階に移ったのだ。

天井の高い大広間を、王族の寝所が囲んでいる。懐かしい使用人室の前を通り過ぎると、顔なじみの使用人たちが驚いて笑顔になった。「おや、エドマンド様」

「父上は？」

返事が待てずそのまま奥に進もうとして、ふと背後に人気を感じ、振り向いた。

エマが私室の前に立っている。

柔和なその表情は、微笑んでいるようにも見えた。

「どなたかおさがし？」

エマの背後に、エマ付の聴罪司祭《コンフェッシオ》が現れた。その腕に、眠った子どもを抱いている。

（エドワード？）

いや、聴罪司祭《コンフェッシオ》が抱いていたのは、意識をなくしたエディスだった。

あれほど近づいてはならないと自分に警告し続けてきたエマの私室に、エドマンドは飛び込んでいた。異国の香料がたかれた部屋には、母がいたころの名残はまるでない。

エマが細身の短刀を抜いて、エディスののど元に押し当てた。

「よせ」

ぞっとしたエドマンドは、部屋の真ん中で足を止めざるを得ない。

その場にぺたりと座り込んだエマは、聴罪司祭《コンフェッシオ》からエディスを預かると自分のひざの上に横たえた。そして短剣の刃でぴたぴたとエディスの頬を叩きながら、かたわらの聴罪司祭《コンフェッシオ》と何やらノルマンディーの言葉で楽しげに二言三言やりとりをした。

そのまま微笑みながらエドマンドを見上げた。

「エドマンド様とゆっくりお話がしたかったのです。陛下がいらっしゃらない場所のほうがいい。だって、これは森で亡くなったはずの娘――でしょう？」

(知っているのか？　どうして――)

愕然としたエドマンドにますますそそられた様子のエマは、エディスの頬にふれた。

「見てほら。なんてかわいらしいのかしら。これほどひそやかにイースト・アングリア伯が育てられたお嬢様を、エドマンド様が大事に思われるのも無理はない。どうしてお抱きにならなかったの？　二人きりで何日か過ごしたというのに。お送りしたのでしょう？　イースト・アングリアの港町まで。お天気も良かったし、さぞ楽しかったでしょうね」

エドマンドはますます緊張した。なぜそんなことまで知っている。誰かに命じて自分たちの馬をつけさせたとでも言うのか。まさか、エディスが隠れていたあの森からずっと？

エマは艶然と微笑んだ。「でもおかげで、イースト・アングリア伯の居場所を知ることができた。クヌート様までいらっしゃるなんて。ねえ」

少し離れてエマ付の聴罪司祭《コンフェッシオ》が立っている。

この黒髪の聴罪司祭は、エマといっしょにノルマンディーからやってきた。中肉中背、いかにも清廉《せいれん》で、口数も少なく表情も柔らかい。

(まさか、この男が？)

「心配なさらないで」

切羽《せっぱ》詰まったエドマンドを慰めるようにエマが微笑んだ。「この娘が修道院に行かずにすむよう、陛下には私から取りなします」

エドマンドは戸惑った。「どういうつもりです」

「お力添えしたいのです。でもこのなりではだめね。ふさわしいドレスに身を包み髪を整え、御前に出れば、きっと陛下も尼になれとは言えなくなるはず。どうぞこの私にお預けください」

「どうしてそんなことを」

「どうして?」

鋭利な短刀を片手に、エマはさらに優しい笑顔を見せた。「お忘れですか。私はエドマンド様の一番のお味方なのです。亡くなられたお母様の代わりと思ってくださらねば」

（母上?）

エドマンドの中で、いきなり何かが目覚めた。

「母上なら、とっくにおれを叱っているはず。いいかげんに目を覚ませと。あんな父親などもう見限っていいと」

「まさか」

エマは誰もが陶酔するその瞳に涙を湛《たた》えた。

「お優しいエドマンド様が、陛下を見限るだなんて」

「無駄だ」

エドマンドは笑ってやった。「テムズの流れのほうがまだ清い。そんなまやかしの涙でずっと父上の目をくらましてきたとは」

エマの表情が、みるみる豹変《ひょうへん》した。

「この娘は私が預かる」

声もかわった。「その懐の手紙に書いてあることを陛下に話せば、この娘には二度と会えない」

「おぞましい企みのことか? あなたが父上を殺し、クヌートを戴冠させるかわりに、また王妃の座に就くつもりだと」

「そのお手紙に書かれてあったのかしら。その手紙こそ、あなたが陛下を裏切りデンマーク側についたという何よりの証拠。それさえあれば、今度こそ陛下はあなたをつぶせる」

エマはほくそえんだ。

「どちらにせよ、あなたは王にはなれない。でもかまわないでしょう？　エドマンド様は戦はお上手でも、野心の持ち主ではない」

でしょう？　と目を細めた。「私の言うとおり動けば、いずれこの子も返してさしあげるかも。返してほしい？」

エディスの頬にぴたぴたと短刀を当てられるたび、エドマンドの苦渋は増した。

「さあ、どうされます？　他に手立てはないはず」

エドマンドは声を絞り出した。

「いや、策はある」

それは死んだ兄アゼルスタンの口癖だった。最期にアゼルスタンの口から聞いたのも、この言葉だ。どんな困難な状況にあっても、必ず策はあるはずだから、簡単にあきらめるな、と。

どうしたことか、それを聞いてエマが何かに気を取られた。

いきなりエディスが床を蹴り、エドマンドの腕の中に飛び込んできた。エディスを抱きかかえたエドマンドは、そのまま廊下に走り出て、父王の部屋へと急いだ。我に返ったエマは、大広間に出るなり怒りにまかせて衛兵を呼びつけた。

さすがに騒ぎを聞きつけたのか、イングランド王が大儀そうに部屋から出てきた。

「何の騒ぎだこれは。町娘がこんなところで何をしておる」

エドマンドが答えるより先に、エマが夫である王にすがりついた。

「恐ろしい」

エディスを指さした。「シガファース様の寡婦ですよ。あの、森で亡くなったはずの」

「なんだと」

説明しようとしたエドマンドを、エマが王に抱きついたままさえぎった。「イングランドを裏切ってデンマークについたイースト・アングリア伯の娘です。やはりエドマンド様が森に隠していたのです。父親の元に逃げ戻ったはずが、こともあろうに王宮に入り込んでくるなんて――エドマンド様と会っていたのですよ。まさか、父親が何かエドマンド様に伝えてきたのでは？」

「違いない」

王はうなずいた。「娘ならば警備の目をかいくぐれるとでも思ったか。衛兵、その娘を捕らえて父親の居場所を白状させろ。どんな手を使ってもかまわん」

「お待ちください父上」

あわててエディスをかばったエドマンドは、階下から駆け上がってきた衛兵たちに手を出すなと目で強く命じた。戸惑った衛兵たちは手が出せなくなり、それを見た王は青筋を立てた。

「おまえというやつは。王太子でありながら、ひそかにデンマークと通じるとは」

「違う、そうではありません」

「何が違う」

答える代わりに、エドマンドは懐から手紙を出して父王に突きつけた。

「どうぞお読みください。このエディスが届けてくれました。シガファースが書いた物です」

「シガファースが？」

王も驚いたが、エマにも意外な名前だったらしい。クヌートからの密書だと思いこんでいたのだろう。

王はやむなく手紙を受け取ると、不審そうな顔で文字を追っていった。

だがいきなり手紙を握りつぶすと、怒りにまかせて床に叩きつけた。

「でたらめだ。シガファースのやつ、嘘ばかり並べおって」

「お聞きください」

なんとか父王に目を覚ましてほしい。エドマンドは必死に言い聞かせた。

「これほど信頼できる情報はありません。おそばにいるそのノルマン女は、夫である父上を殺害したうえで、デンマークと手を結び、イングランドをノルマンディー公のものにしようと企んでいるのです」

「ひどい、なんというでたらめを」

エマは王の胸にすがりつきさめざめと泣きだした。「もし陛下に何事かあれば、このエマも生きてはおりません」

王はあわててよしよしとエマをなだめながらエドマンドをにらんだ。「おまえというやつは、反逆人の書いた物をそのまま信じる気か？」

「シガファースは反逆人ではない」

「うるさい」

父王はよたつきながらいきなりエドマンドを足蹴にしようとした。エドマンドは何歩かあとずさった。「父上、どうぞお聞きください」

「まだ何か言うことがあるか」

さらに蹴られそうになったエドマンドを、身を挺《てい》して王からかばったのはエディスだった。

「私が勝手にここまで押しかけてきたのです」

青くなったのはエドマンドだ。「ばか、下がってろ」

「お察しのとおり」エディスはまっすぐに王を見上げながら言った。

「私は、エドマンド様を説得するためここに参りました。デンマーク側につくよう何度も申し上げたのに、エドマンド様は、とうとう首を縦に振られませんでした。父君様を裏切ることはどうしてもできないと」

王の表情が動いた。

「なんだと。わしを?」

「はい」

エディスは大きくうなずいた。「その手紙の内容も、間違いなく事実です。エドマンド様は、今陛下が最も信頼していいお方、いいえ、陛下が最も信頼するべきお方です。イングランドのためにも、ここはもう一度父と子でお気持ちを確かめ合われたほうがいい」

王は、母親に叱られた子どものように心許《こころもと》ない顔になった。

「どういうことだ。エドマンドが?」

くすりと笑ったのは、エマの聴罪司祭だ。

「たいした小娘ですね」

優しくエディスをながめながら王に言った。「それもそのはず。この娘の母親は、デンマーク王家の血筋」

「なんだと」

驚いた王は、目が覚めたかのようにエディスをにらみ直すと、悔しげに吐き捨てた。「そうか、これがグンデヒルダの娘か。道理で、少しもものおじしないわけだ」

王はエドマンドに目をくれた。「どうしたエドマンド。何をおまえまで驚いておる。『デーン派』の貴族たちにたぶらかされていることがやっとわかったか。クヌートの策略にまんまとはまりおって」

「操られているのは父上だ」

エドマンドは必死に訴えた。「なぜわからない。父上はノルマンディー公の手の上で踊らされているんです」

「黙れ」

王は地団駄を踏んだ。「『デーン派』貴族など全員反逆罪で処刑してやる。まずはこの娘からだ。引っ捕らえて鎖につなげ」

「よせ」

いきなりエディスを指さされたエドマンドは、迫り来る衛兵たちからエディスをかばって腰の『オファの剣』を抜き放った。

その瞬間、ついにエドマンドと父王の絆《きずな》は切れた。

エドマンドは父に宣言した。

「もう誰も殺させない」

「ばかめ。何を考えておる」

王は、前に出た衛兵にかばわれて身の安全が確保されたと見るや言い渡した。

「エドマンド。おまえの王位継承権を剥奪する」

もはや怒りや悔しさはなかった。エドマンドの心を悲しみが満たした。

二度と父を見ることはないだろう。

「お別れです、父上」

エドマンドは涙をこらえるため、笑顔になった。

「あなたに追い出されるわけじゃない。おれは、自分からこの王宮を出ていくんだ」

エディスの手をつかむと、衛兵たちを剣先で軽くひるませておいていきなり駆け出した。目指したのは、階段とは逆方向の、奥まった部屋だ。

「昔兄さんが使っていた部屋だ」

少年時代そのままに、文机《ふづくえ》に飛び乗って明かり取りの小窓の外をのぞくと、隣の棟の屋根が眼下にある。「つかまれ」と手を伸ばしたときには、すでにエディスは窓のさんを踏んで外に飛び出していた。あわててエドマンドもあとを追った。

隣の棟の屋根を走りきると、そこに昔どおり、秘密の石階段があった。懐かしい気持ちで一段ずつ降りると、そこは奥庭で、小さな野の花が可憐《かれん》に風に揺れている。

「ここは母上が好きだった」

厩舎に向かって急ぐ二人の前に、奥庭と中庭を隔てる中門の守衛たちが現れた。小窓から飛び降りた衛兵たちは、血相かえて追いかけてくる。前後を挟まれエディスは青ざめた。

エドマンドは、事情がわからず戸惑う守衛たちに言った。

「城を出る」

守衛たちはますます戸惑った。「出る——とは？」

「出ていくのさ。もうここには二度と戻らん」

あっと守衛たちは息をのんだ。

彼らは、このエドマンドの成長をずっとそばで見守ってきた。ことの次第を大筋で悟ると同時に、こらえきれずに悔し涙をあふれさせた。

エドマンドはあわてて慰めた。「世話になった。ここにいない者たちにもよろしく伝えてくれ。おまえたちのことは決して忘れん」

涙で言葉もない。守衛たちの鼻先でいきなり『オファの剣』を一閃《いっせん》すると、守衛たちはたまらず後ろに倒れた。

「すまん」

エドマンドは笑顔で詫びた。

「おれを見逃したと父上にとがめられるよりはいいだろう？」

あっけにとられているエディスの手をまたとって、中門をくぐり、厩舎に飛び込むと、心配顔の馬屋番たちにたちまち取り囲まれた。

「先程、衛兵たちが、エドマンド様の馬を止めろと——」

うんとうなずいたエドマンドは、ここでも笑顔を見せた。

「城を出る」

あっと息をのんだ馬屋番たちは、いかつい顔をゆがめ歯を食いしばった。「くそ。覚悟はできてたはずなのに」

涙をこする馬屋番たちの肩を抱いてエドマンドは言った。

「マーリンとローリンを盗んでいくぞ」

「どうぞ連れていってやってください」

総出で準備にかかった彼らにエドマンドは言い加えた。

「父上が追っ手をかけるはずだ」

「ちょうど良かった。ばあさん馬たちの散歩の時間だ。追っ手のみなさんにお願いしよう」

「イントッシュか」

エドマンドは広い厩舎を振り返った。

いったいどれだけの時間、この厩舎で過ごしてきたことだろう。誰が何と言おうが馬屋番になると言い張って干し草の上で寝泊まりし、母王妃と馬屋番たちを困らせたのは五歳のころか。あのとき初めて兄アゼルスタンに真剣な顔で言われた。おまえはおれの大事な弟王子だ。早く大きくなって、このイングランドを助けてくれ――と。

馬屋番になりたがっている場合じゃない。イングランドを助けるために、兄アゼルスタンのような強い男になりたい――そう打ちあけると、母王妃が何も言わず微笑んでくれたのが、まるで昨日のようだ。

「くそ、馬たちと別れるのはつらいな」

厩舎に衛兵たちが駆け込んできたときには、すでにエドマンドとエディスは鞍の上にいた。

「ついてこい」

エディスにではなく、エディスが乗る駿馬に声をかけた。「思い切り駆けていいぞ。乗り手を娘だと侮るな」

エディスが息をのみながら必死に手綱を握りしめた。大地を蹴り矢のように駆け出した二騎は難なく城門をくぐり抜け、あっという間に城下から遠ざかった。

もちろんついてこられる馬はいない。

*

王宮が豆粒のように小さく見えるところまで駆け続けた。

追ってくる者がないのを確かめながら、さらにせせらぎをざぶざぶと進み、馬から降りて水を飲ませてやった。すでにあたりは薄暗い。

「大丈夫か」

「なんとか」

肩で息はしているが、しゃんと立っているエディスを見てエドマンドはあらためて感心した。娘でこれだけ馬に乗れる者が他にいるだろうか。

「城下でおまえを待っていたクヌートの部下は?」

「行こうとしたのですが、会う前に襲われ――」

「あの聴罪司祭《コンフェッシオ》にか？」

「わかりません。すみません。私が余計な真似をしたばかりに、陛下と――」

「謝ることはない。むしろ感謝している。おまえがシガファースの手紙を届けてくれたおかげで、エマの陰謀が露呈し、一応、父上にも知らせることができた」

「でも陛下と――」

「遅かれ早かれこうなるはずだった」

エドマンドは川の水を口にし、そのまま岩に腰を下ろした。「不思議だ」

「何が？」

「とてもこんなことはできないと、長い間思い込んでいた。何のことはない。やってみれば簡単だったし、これっぽっちの後悔もない」

エドマンドは愉快だった。

「まんまとはめられたな。クヌートに」

「クヌート様に？」

「そうさ。おまえを王宮に送り込まれれば、おれはおまえを抱えて王宮から飛び出すしかなくなる。多少道筋はずれたが、結局クヌートが狙ったとおりになった」

どうしようとエディスはますます小さくなった。「申し訳ありません」

「謝るな」

クヌートにさえお見通しだ。エディスは自分の泣き所だ。自制しなければ。

「おまえを送り届ける」

「どこへ」

エドマンドは立ち上がった。「決まってる。トスティーグのところだ」

「クヌート様のところに？」

「そうだな。そういうことになる」

エドマンドは目を伏せた。今度はエディスがクヌートの妻になるのを見届けるわけだ。

「やつの配下となって、父上を攻めるのもいいかな」

エディスはなぜか落ち着かない。

いきなり水辺を離れ、反対の茂みの中に分け入っていったのでエドマンドはひどく動揺した。

今度はいったい何をする気だ？　「おい」

「傷を手当てさせてください」

「傷？」

これ？　とエドマンドが思い出したときには、エディスはもう茂みから薬草を何枚かちぎって戻り、エドマンドの右手の甲に巻かれた布をほどいていた。

「もっと早く手当てしていれば——申し訳ありません」

エマの残り香がある布がはがされていく。なんとか腫れは引いたがまだ青い甲を見ながら、エドマンドは苦笑した。

「ばかなことをしたな」

怒りに任せて大木の幹を殴りつけ、この手を自分で傷つけた痛ましい一部始終を、きっとエディスは木の上から見ていたはずだ。エディスが止めなければもっとひどいことになっていた。

エディスは無言で薬草をもむと、そっと当て、上から丁寧に布を巻き直していった。

「皆の前で叩いたりして、ごめんなさい」

何のことだかエドマンドはすぐには思い出せなかった。小さくなって謝り続けるエディスに、苦く笑った。

「いいんだ。あのときは、誰かに思い切り叩かれたい気分だった」

エディスの顔色が晴れない。

「どうした。おまえはおれの説得に成功したんだ。浮かない顔をするな」

「ですが」

「おれが父上を見限ろうが見限るまいが、どちらにしろ滅ぼされ、あとかたもなく歴史から消えてなくなるだろう。消えて当然だ。かわいそうだがな」

「かわいそう？」エディスはエドマンドを見た。「誰が？　お父上様が？」

「父上ではない」

エドマンドは、口を閉ざした。

するといきなりエディスが布の上に手を重ねてきた。

左の薬指に指輪がある。シガファースがはめた飾りのない金の指輪に、エドマンドはぼんやりと見入った。いつものように、シガファースがじっと耳を傾けてくれている。

「イングランドがだ」

エドマンドはあふれる思いを止めることができなかった。

「イングランドがかわいそうで、涙が出そうだ。どうしてイングランドを守るために誰一人戦おうとしない？　イングランドは戦って守る価値もない国か？　父上には、もはや戦う意気地《いくじ》すらない。戦いもせずにデンマークに領土や金を差し出してきたあげく、今度はノルマンディー公に国ごとまるまる譲り渡す気だ。おれはいやだ。おれは戦いたい」

そう、戦いたいと、生まれて初めてエドマンドは自分の意志で思った。

「死ぬのはこわくないんだ。むしろ戦場で死ねたらと思っている。そう、死ぬなら戦場でだ。おれが今こわいのは、何もせず、何もできないまま、城下や王宮のどこかでむざむざ殺されることだけだ。そんな死に方だけはしたくない。戦場で、この剣が折れるまで戦い、力尽きて死ねれば、何も思い残すこともない。イングランドを守るため、最期の最期まで戦ったと歴史書には書かれたい」

エドマンドは自分にあ然とした。

「驚いたな」

「何？」

「おれは、こんな凶暴な男だったのかな」

見ると、エディスは熱でもあるかのように紅潮している。「なんだ、どうした」

エディスは短く息をついた。

「さすがにアルフレッド大王を父祖に持たれるお方は違う」

（おだてやがる）

エドマンドはげんなりした。「五代も前だ」

「もっとさかのぼってもかまわない。エドマンド様には、七王国《ヘプターキー》を統一した初代イングランド王エグバートの血が流れている」

男なんて単純なものだとエドマンドは思い知らされた。

「エグバートの血か」

悪くない、と思った。

（この『オファの剣』にふさわしい男になりたい——）

「エドマンド様は、最後の柱」

「柱？」

予言めいた言葉を口にしたエディスがうなずいた。

「クヌート様が、そう言われたのです。私に向かってはっきりそう言われました。エドマンド様は、イングランドの最後の柱だと。やつさえ折れれば、すべて終わると」

エディスは真剣な眼差しになった。

「それってつまり、エドマンド様が折れるまでは、終わらないということですよね。違いますか？　他でもない、クヌート様がそう言われたのですよ？　エドマンド様が折れない限り、イングランドは終わらない、と」

「くそ」

やれるだけのことをやってみるか——そう思わせる力をエディスの言葉は持っていた。

しかし、今の自分に何ができる。王室を追われ、もはや王子ではない。何もない。領地はおろか、館も、当座の資金だってない。育ててくれた家臣団もいないし、貴族仲間に助けを求めることもできない。完全に孤立無援だ。

「連れていってください」

唐突にエディスが頼んだ。エドマンドはうなずいた。「わかった」

「お間違えにならないよう」

エディスは何事か決意した表情で言った。「父のところにではありません。私が連れていっていただきたいのは、シガファース様のお館です」

「シガファースの？」

イースト・アングリアに向かう街道とは別の方角になる。だが、追われる身としてはかえっていいかもしれない。

ただし、あの館は領地ごと王に取り上げられ、今は留守番役が入っているはずだ。

「館の中には入れないぞ」

「無理でしょう。ですが、サム爺が小屋にいます」

エドマンドは笑顔になった。さんざんロンドンに来るよう誘った庭師のサム爺を頼るのかと思うと可笑しかった。

すぐにその場を離れ、完全に日が落ちてからは月明かりを頼りに駆け慣れた街道をひた走った。サム爺の作業小屋の扉を叩いたのは、夜明け前だ。

「どなたかな」

「私です」

エディスが答えると、中であわててかんぬきを外す音がして扉が開かれた。

ろうそくの明かりを頼りに、サム爺は、エディスのかたわらにエドマンドを見た。とたんによろよろと泣き崩れて声もなかった。二人はあわてて左右から支えなければならなかった。

六

翌朝。

エドマンドは干し草の上で、小鳥たちの声に気持ちよく起こされた。

すでにあたりは明るくなっている。近くで寝ていたはずの馬たちもサム爺も見当たらない。

かわりに、しみじみとエドマンドの顔をのぞき込んでいたのは、亡きシガファースの家令オールガだった。目を潤ませている。「エドマンド様」

とりあえず干し草の上で抱き合って再会を喜んだ。そしてあらためて日の高さに驚いた。「すまん、寝過ごしたようだ」

「起こしてしまい申し訳ありません」

「いつ館に」

「夜明け前です。夜中にサムから知らせを受けて駆けつけました。他の者たちも次々に集まっております」

「次々に？」

オールガは涙ながらに頭を下げた。「奥様を助けていただきありがとうございます」

「どうかな」

エドマンドは肩を落とした。「感謝するのはまだ早い。修道院に入っていたほうが、幸せだったかもしれん」

おとなしくエディスが修道院に入っていられればの話だが——と立ち上がったエドマンドを、オールガがいそいそと館の中へと招き入れた。

驚いたことに、館にはいつもと同じような朝が訪れていた。

主のシガファースがいないだけで、顔見知りの使用人たちが忙しそうに——皆このときを待ちかねていたかのように、そこら中を走り回っている。

エドマンドには意外だった。『エマ派』の誰かが、この館を押さえていると

「おりますよ。ケネス伯の配下のトマス様が」

「トマスか」

幼いころからよく知る老人の名にエドマンドは笑顔になった。「久しぶりだ。どこにいる?」

「地下牢に」

オールガは肩をすくめた。「お会いになるなら鉄錠をあけます。幸い、トマス様含め誰もけがせずにすみました」

皆で力尽くで地下牢に押し込めたのかと、エドマンドは嘆息した。

「わかった。あとで行って一言詫びておこう」

「さすがはエドマンド様、それがよろしいでしょう。寝込みを襲われ、老人しょげとりました。エドマンド様のお顔を見れば、おおいに慰められるはず」

オールガが案内した食料庫には、粉類などの食べ物やら飲み物が次々に運び込まれてくる。

備蓄は豊富に越したことはないが、エドマンドははらはらもした。シガファースの資産はすべて王に没収されてしまったはずだ。エドマンドだって硬貨一枚持っていない。

「支払うあてはあるのか？」

「ご心配なく。すべて支払い済みです」

「誰が支払った？」

「我らが」

胸を張ったオールガは、種を明かした。

「あの日、修道院にたたれる直前、奥様はいったん館の中に戻られましたな」

エドマンドはとっさに思い出すことができなかった。もう何年も前のことのようだ。「ああ、支度があるからと――」

「奥様は、館にあった金貨や硬貨のうちの半分ほどを広間に運ばせ、長机の上に広げると、その上にご自分がイースト・アングリアから持ってこられた装飾品や金貨などを残らず載せられました。そして、我らみんな――騎士たち、使用人たち、馬屋番や女たち、庭番らで全部分けるよう命じられました。国王の兵が取り上げに来る前にと」

オールガはこみ上げるものをこらえた。「無念を晴らすときが必ず来るから、それまでこの金でなんとか家族に食べさせて冬を越せと、奥様は硬貨をつかみ押しつけるようにして我々に分け与えられました。喜んで受け取ろうとする者は一人もいませんでした。嗚咽をこらえながらお預かりした大事なお金です」

エドマンドはあ然とするしかなかった。

「あのとき、おれをさんざん外で待たせておいて、館の中でそんな大それたことを――」

「翌日、王の使者がいっさいがっさい差し押さえに来ましたが、思っていたより少ないと不満気でしたな。旦那様は、派手に使うお方ではありませんでしたから」

「だが、帳簿という物があるはず」

「無論ございますとも。有能で腕の良い家令なら、一晩でなんとでもできる帳簿が」

エドマンドは少なからず衝撃を受けた。この家令のオールガが、エディスのとんでもない犯罪行為を完璧に繕ったのだ。

「真面目《まじめ》で忠義者のおまえに、そんなことができるなんて」

できますとオールガは真面目顔でうなずいた。

「すべての物事には、表と裏がございます」

「それだ」エドマンドはもどかしく思った。「なぜおれには表しか見えないんだろう」

「それこそあなたさまの弱みであり、また、この上もない強みだと旦那様ならおっしゃるでしょうな。ま、とりあえずは、この私をお役立てくだされればよろしいかと」

「助けてくれるか」

「すでにそのつもりでお話ししております」

オールガに抱きついたところに、エディスが顔を出した。

「朝食のご用意が」

食堂のテーブルにつき、エディスに給仕されながらエドマンドは少し混乱した。自分がいったい何者で、どこで何をしているのかわからなくなりそうだ。それでもとりあえず目の前に置かれた焼きたてのパンと温かい豆スープに食らいつくと、溶かしチーズと焼きベーコンも運ばれてきた。エドマンドは久しぶりに身も心も満たされるのを感じた。

（違う）

本当ならこのテーブルにつき、エディスの給仕で幸福な朝食を食べているのはシガファースだったはずだ。

ぼんやり思う間もなく、騎士たちが集まってきて笑顔でエドマンドを取り囲んだ。オールガが用意してくれたのは、ペンとインク壺《つぼ》と紙だ。

「手紙か」

そう、まずは手紙を書かねばならない。エドマンドがとうとう父王と袂《たもと》を分かち、ロンドンを離れたことを『デーン派』の貴族仲間たちに伝えるのだ。

デンマークが間もなく本格的な侵攻を再開する。しかし父王には戦う意志がない。エドマンドはイングランドを守るため、王を見限ってたった一人でも戦うと決めた。志を同じくする貴族は、エドマンドがいるシガファースの館に集え——そう書けばいい。

しかし、ペン先は走らない。

「無駄だ」

エドマンドはペンを置いた。「書いても、『エマ派』の王兵をここに呼び寄せるだけだ。いまさらおれが何か書いたところでなんになる。皆もうデンマーク側についている」

オールガが言った。「ですが、エドマンド様が国王陛下を見限ったことを知れば、お考えをかえる方もいらっしゃるはず」

「王宮を出て、もはや王子ではないおれには、王軍は動かせない。何の力も持たないただの男だ。いったい誰が動く。手当ても恩賞もやれないのに」

「自信をお持ちください」

エディスがはげました。「エドマンド様のこと、皆が大好きなのに」

「好かれていたのは兄のアゼルスタンだ」

エディスは知らないのだとエドマンドは目を伏せた。「アゼルスタンが亡くなったとたん、皆イングランドを見限りデンマーク側についた。本当に好かれていたのはアゼルスタンだ」

「そうでしょうか」

エディスは納得がいかない。「私、式の前の夜、すごいと思いました。暖炉の前で、皆様が笑顔でエドマンド様を囲んでいた。みんなあなたが大好きで、あなたのことをとても大事に思っていた」

「アゼルスタンがいなくなったからだ。頼みにしていたアゼルスタンが死んでしまい、かつげる王子がおれしかいない。だから仕方なくおれなんかを真ん中に座らせた」

「仕方なく？」

エディスはエドマンドをあきれたように見た。

「私、あの森で、逃げなかった」

いったいなんのことかとオールガたちが思わず首をかしげたがかまわない。エドマンドもずっとそのことが不思議だった。

「どうして逃げなかった。さっさと川に向かっているとばかり思ったのに。大嫌いなおれなんか待たず」

「ええ。大嫌いでした」

はらはらするオールガたちの横でエディスはひどく悔しがった。「だからこそ、待たなきゃだめだと思った。シガファース様があんなにも好きだったエドマンド様のことを――」

エディスはペンをつかんでエドマンドに突きつけた。

「少なくともシガファース様はあなたのことが大好きで、あなたに夢中でした。未熟だとぼやいては、ぼやいたことをくよくよするエドマンド様が、好きで好きでならなかった」

エディスの指に、シガファースのはめた指輪がある。

くそ、とエドマンドはペンを受けるしかない。

（シガファース）

ぐっとペンを握ると、拳の傷が痛くて涙が出そうだ。そう、こんなにも愚かで凶暴な男は、最後の一人になったとしても戦い抜くべきだ。とことん戦ったうえで死ななければ、あの世でアゼルスタンやシガファースたちに合わせる顔がない。

「よし、書くぞ」

紙に向かうと、エディスが身を乗り出した。「まずは私の父にお書きください。真っ先に駆けつけてくるはず」

「そうだな。トスティーグに書こう」

かりかりとしばらくペン先を滑らせ、これでいいかなとオールガを振り返ると、エドマンドの手元をのぞきこんでいたオールガはすでにあふれる涙をとめられないでいた。

「ひょっとするとこれは、イングランドの歴史に残る手紙になるかもしれませんな」

手紙をのぞき込む騎士たちの中にも、エドマンドの強い決意を見て感極まって泣きだす者が続出した。

だがどうしたわけか、エディスだけはひどく意外そうな顔をしていた。驚いている。

「どうした」

「汚い字」

エドマンドは泣きたくなった。「悪かったな」

「私、エドマンド様はもっときれいな字を書かれると思ってました」

「まずいかな」とたんに弱気になった。「書き直すか」

「いいえ」

エディスは文面をあらためてながめた。やがて笑顔が弾《はじ》けた。

「荒々しい。むしろ、このほうがいい」

流れ作業になった。エドマンドが手紙を書き上げるそばから、オールガがエドマンドの指輪を使って封蠟し、エディスが騎士や男の使用人たちに託して馬で届けさせた。

これでエドマンドが父王と決別し、シガファースの館にいることをイングランド中が知ることになる。いったいどう動くだろう。

（館の守りをかためなければ――）

エドマンドが思っていると、エディスが食堂の隅で女たちに言っているのが聞こえてきた。

「小さな子の母親と妊婦は家に帰して。残った私たちで、日持ちのする固パンを焼きましょう。

井戸の水も汲んでおかなければ——空いている樽《たる》や瓶を集めてちょうだい。他にもできることがあるはず」

　エディスの生まれ育ったイースト・アングリアは穀倉地帯だ。北海に突きだした豊かな大地を、略奪することなしには冬を越せない北欧の男たちが、数百年間欲し続けていた。エディスには、侵攻されたときに取るべき女たちの心構えが身に染みついているのだろう。

「こわいときは身体を動かせって、おばあさまが言ってた」

　さあ、とエディスに背中を押され、女たちも覚悟を決めて動きだした。

　そのうちエディスは調理場で女たちに混じってパンを焼きだしたらしい。

　しばらくして様子を見に行ったエドマンドは、女たちの中からエディスを探し出すのに苦労した。それくらい溶け込んでいる。

「もう何年もこの館にいるみたいだ」

　エディスはかまどからパンを取り出しながら、少しはにかんだ。

「シガファース様がオックスフォードに行かれた翌日、一日中邸《やしき》の中をうろうろしていたんです。どんな食べ物がお好きなのか、ふだんは何をして過ごされるのか——」

　早く帰ってこないかなあと、シガファースの帰りを待ちわびていたのだろう。だが、エドマンドを助けるため飛び出していったシガファースが生きて戻ることは、二度となかった。

　ほら、とエディスが差し出した焼きたてのパンをかじるとどこか懐かしい。

「母上の固パンだ」

「王妃様の？」

エドマンドは苦笑した。「デンマークが迫るたび、母上も大台所で粉だらけになっていた。でもこんなふうに味見させてくれるだけで、すぐ全部どこかにやってしまう。おれたちの分は一個も残してくれない」

晴れやかな笑顔になったエディスが癪にさわった。「何が可笑しい」

「だって、すごくエドマンド様のお母上さまらしい」

その母が亡くなる前の日、小さなエディスと出会ったのだった。

エドマンドにとって山羊小屋での記憶はこんなにも鮮明なのに、エディスは本当に何も覚えていないのだろうか。死にかけている母親に何もしてやれず、めそめそするしかなかった自分の背中を、小さな手で懸命に撫で続けてくれたことを。

思えば、状況は今もほぼかわっていない。エドマンドはつくづくいやになってしまった。

（ちっともおれは成長していない）

「馬が来ます――数は二十」

正門からの知らせに身を翻したエドマンドの背中で、エディスが女中頭に落ちついて指示するのが聞こえた。

「女たちを台所に集めて。危ないと思ったら、みんなで裏門から走って逃げなさい」

で、おまえはどうするんだとエドマンドは問いたかった。

きっと、私なら慣れているとか答えるのだろう。嘘だ。いくらイースト・アングリアでも、こんなことがしょっちゅうあったらたまらない。

固く閉ざされた正門の物見に駆け上がりながら、エドマンドは覚悟を決めた。なんとしてもこの館を守らなければならない。

(もし襲来した敵が幼いころからよく知る親しい相手であったとしても、毅然《きぜん》として立ち向かい、場合によっては、剣を抜いて容赦なく討ち殺す)

しかし、相手の姿が見えた瞬間、その決意はもろくも打ち砕かれた。

猟犬たちが、ちぎれんばかりに尾を振りながら、エドマンドを見上げている。においをたどって懸命にここまで走ってきたのだ。こいつらにだけは太刀打ちできない。

犬たちを追ってきた馬には、王宮の厩舎で働く馬屋番たちがまたがっていた。

「エドマンド様!」

「おまえたちどうした」

馬屋番たちは硬い表情で下から口々に叫んだ。

「おれたちに馬屋の手伝いをさせてください」

驚いたことに、後ろから来る馬たちには、飼い葉をぱんぱんに詰めた大袋が左右につけられていた。王宮の厩舎から黙って運び出してきたに違いない。

「馬屋番ならいる」

「いいや」

馬屋番も、どこか予言めいた口調でエドマンドに言った。

「すぐに手が足りなくなる」

＊

最初に息せき切って駆けつけてきたのは、ウィンチェスターの貴族ハロルドだった。エドマンドの手紙を読み、とるものもとりあえず馬を走らせたらしい。

「この館に来るのは、シガファースの婚前祝い以来です」

あの楽しかった集まりを思い出しながら、エドマンドと並んでしみじみ大広間を見回した。

あとを追うように『デーン派』の貴族たちがやってきた。亡くなった母王妃の親族たちが北部ヨーク州からはせ参じてきた同じ日、ロンドン市街から二人の商人が、とりあえずの食料と武具を運び込んできた。

「折り返し運んできますから、足りない物を何でも言いつけてください」

エドマンドは驚いた。兄弟かと思ったら、テムズ河畔でイタリア技師たちといっしょに騒いだ商売がたきの二人ではないか。

「ありがたいが、おまえたちの儲《もう》けがでるかどうか、おれには保証してやれない」

「そんなことは、エドマンド様が心配することじゃない」

「するとも。おまえたちに損をさせるわけにはいかない。丸損させるかもしれない」

「それはない」と一人が笑うともう一人も胸を張ってうなずいた。「こいつとあれこれ荷をそろえて運んできました。荷運びでこんなにわくわくしたことはない。もう前金は頂いたようなもんです。もっと運ばせてください」

そのうち、少し離れた小さな村や町からも、エドマンドを慕う男たちがそれぞれ荷物をかついでやってきた。荷物は多かったり少なかったり、食料だったり武具だったり、リネン、薬草、大鍋、干し草とさまざまだったが、皆口をそろえて同じことを言った。

「エドマンド様のお役に立ちたい」

次第に、人の輪が戻ってきた。

シガファースの館のあちらこちらに男たちや荷があふれ、王宮から来た馬屋番たちが予言したとおりになった。裏方の手が足りない。

きっとエディスがてんてこ舞いになっているだろうと心配したエドマンドは、隙を見て様子を見に行った。エディスは大台所と貯蔵室をいったりきたりしながら懸命に裏方を仕切っていた。

(それにしても——)

山と積まれた物資を前にしても、まだエドマンドにはわからなかった。

「おれにはもう王の後ろ盾も何もないのに」

帳面を付けながら、エディスが静かに微笑んだ。

「みんな、あなたがお心を決めるのを待ちかねていたのです」

その表情が、今一つ晴れない。

真っ先に現れるはずだったトスティーグが、一週間たっても二週間たっても姿を見せないからだ。手紙を届けることは確かにできたのに、何も返してこない。何か理由があるのかもしれないが、確かめる術はない。

「いったい何をしているんでしょう。さっさと駆けつけてくればいいのに」

気丈に振る舞いながらも、胸を痛めているに違いないエディスを見るのは、エドマンドにもつらかった。早く父親に会わせてやりたい。

しばらくして、ついにデンマーク軍が海を渡る準備を本格的に始めたという情報が貿易商からもたらされた。早ければ十日もしないうちイングランド侵攻は再開されるだろう。

トスティーグは来ない。

エドマンドとエディスは、ついに一つの事実を受け入れなければならなくなった。

「父は、デンマーク側についたということですね」

「賢い選択だ。おれにつくような博打《ばくち》は打たない。クヌートは『デーン派』貴族を一人でも多くデンマーク側につけ、イングランドとの戦争をできるだけ簡単に終わらせたいんだ。そのため、人望があついトスティーグに『デーン派』のみんなを説得させているはずだ」

それでもまだ納得がいかない様子のエディスにエドマンドは言った。

「この館は、このまま使わせてもらう」

首をかしげたエディスが、エドマンドにはもどかしかった。「いいから、おまえはもうトスティーグのところに帰れ」

わかりましたと神妙にうなずいてくれることをエドマンドは期待した。だがもちろんこのエディスが、そうそう素直に言うことをきくはずがない。

「お忘れでしょうか。私はクヌート様の婚約者です」

忘れられるものかと顔をしかめたエドマンドにエディスは言った。

「クヌート様は、私を使者としてあなたに送られました。場合によっては人質に差し出すとも言われました。このまま私を人質としてそばに置いておけば、いつか、何かの役にたつかもしれません」

エドマンドはあきれた。「いったいどうやって役にたつつもりだ。クヌート相手にそんな真似をするくらいなら、今すぐここで白旗を掲げて降参するほうがましだ」

エディスは少し怒ったように目を伏せた。エドマンドの人の良さがもどかしいのか、それとも、ここに駆けつけてこない父親に対して腹をたてているのか。あるいはその両方か。

「好きにしろ」

エドマンドは一人廊下を歩いた。しかしいらだたしさは一向におさまらなかったし、トスティーグに対してひどく申し訳なく思えた。戻ってこない娘をさぞ案じているに違いない。

だが、エディスをこんなじゃじゃ馬に育て上げたトスティーグにも責任がある。

(羊を踏んで馬車から飛び出すような娘を、どうやって家に返せばいい。縛り上げて送りつけろとでもいうのか?)

そうこうしている間にも、北海の向こう岸ではデンマーク軍が出航準備にかかっていた。その情報は、もちろんロンドンにも届いているはずだ。

自分の代わりに軍を率いる王太子がいなくなったので、イングランド王はまた多額の退去料《デーンゲルド》を支払い、デンマークに侵攻を思いとどまらせようと画策した。

だが、デンマークは今回これを受け入れなかった。

デンマーク王の弟クヌートは軍勢を集め、いつでも乗船できる態勢を整えた。なのに、イングランド国王には戦う意志がない。

このままでは、なんら抵抗することなくイングランドはデンマークに征服されてしまう。

「自分が軍を率いて戦う」

エドマンドはあらためてイングランド全土に宣言した。

しかし、もはや王子でもないエドマンドが、一から兵を集めて軍を作り、その軍を率いて強国デンマーク相手に戦ったところで、どれだけのことができるだろう。

エドマンドはもとより、誰にも予測はつかなかった。

＊

「エドマンド様、エドマンド様」

暗闇で自分を揺り起こしているのが従者やハロルドではなく、エディスだと気づいてエドマンドは寝床ではね起きた。

まだ夜中だ。「何をしている」

ろうそくを手にしたオールガがエディスの後ろから現れたので、エドマンドはほっとした。

「どうした」

「お休みのところ申し訳ありません。サム爺の小屋に客人が」

硬い表情のオールガはさらに声を潜めた。「トスティーグ様です。一人でおいでになりました。誰にも知られぬよう、お二方と話がしたいと」

これでとうとうはっきりした。トスティーグはデンマーク側についたのだ。もし味方につくなら、昼日中、堂々と正門をくぐり合流してきたはずだ。

オールガが忠告した。

「どうぞ、剣をお持ちください」

エドマンドはその言葉の重みをかみしめた。まさか、トスティーグと会うのに剣がいるはずがない。そう思いたがる自分にエドマンドは言い聞かせた。いいや、トスティーグはデンマークについた。トスティーグは敵方なのだと。

通用門から出ると、外はいつ降りだしたのか、冷たい雨が音もなく石畳を濡らしていた。先を急ごうと焦るエディスが足を取られるのを何度か助けながら、サム爺の小屋に小走りで急いだ。粗末な木の扉を押しあけると、トスティーグはサム爺としみじみと何か話しながら火に当たっていたが、エディスを見て立ち上がった。

「おまえという娘は――」

首にしがみついてきたエディスをトスティーグはしっかりと抱え込んだ。しかしエディスのつま先が浮いたのは一瞬だけで、すぐにおろし頭から叱りつけた。

「どうして黙って行った。クヌートから聞かされどれだけ驚いたか」

「黙って？」

仰天したエドマンドは、エディスを叱ろうとしてあわてて声をのんだ。

（手紙だ）

あの手紙――殺される二日前、シガファースがエドマンドにあてて書いた手紙を、エディスは隠し持っていた。

しかし、中に何が書いてあるかわからない。もし父やクヌートに見せれば、エドマンドを不利にしてしまうかもしれない。誰にも見せられないまま、どうしてもエドマンドに届けたくて、クヌートの使いになることを受けたのだ。言えば当然止められるから、父親には黙ってきた。

「すまない。心配かけて」

トスティーグは娘を離すとエドマンドをしっかりと抱きしめた。

「ありがとう、エドマンド。よくエディスを助けてくれたな」

「すべて成り行きだ。おれのほうこそ助けられた。シガファースたちを処刑したと聞かされて、父上の前で暴発しかけた。こらえることができたのは、エディスを助けねばと思ったからだ。でなきゃとっくにこの世にいない」

「おまえが無事で本当によかった」

涙ぐんだトスティーグに、エドマンドも思わず涙を浮かべた。「トスティーグこそ、無事でいてくれてよかった。トスティーグまで処刑されていたらと思うとぞっとする」

「あの夜、私はモアカーの館にいたんだ。モアカーがオックスフォードに発つ時、いっしょに行こうとしたが、モアカーに止められ、領地に引き上げた。今思えば、少し怪しんでいたのかもしれない。もしいっしょに行っていたら私も間違いなく処刑されただろう」

「どうしてモアカーはオックスフォードにおびき出されたんだ。父上がおれを困らせていると聞いたから?」

トスティーグはうなずきかけて言葉をのんだ。これ以上エドマンドを苦しめたくなかったのだろう。

「おまえのせいじゃないぞ、エドマンド。おまえだって殺されていたかもしれないんだ」

「そうさ」

エドマンドは苦く笑いながらうなずいた。「父上が本当に殺したかったのはこのおれだ。おれの王位継承権を取り上げるためにあの二人を殺したようなものだ」

トスティーグはエドマンドの肩に手を置いた。そして静かに言った。

「私はデンマークにつくよ」

「どうして――」と横からエディスが父に食ってかかったが、エドマンドにはよく理解できた。

「わかった」

「いやわかってない。おまえもデンマークにつくべきだ」

トスティーグは、懐から一通の手紙を取り出した。「クヌートから預かってきた。条件は悪くない」

開きもせずに、エドマンドは手紙を返した。

「王家に生まれたおれが、イングランドを攻めることはできない」

「聞け、エドマンド」

トスティーグは弟とも思うエドマンドに一言一言言い聞かせた。「長い間、おまえは、おまえの意見をちっとも聞き入れようとしない王と、『デーン派』貴族たちの板挟みになって苦しい思いをし続けてきた。今、おまえはようやく王と袂を分かった。ならばおれたちと共に王を倒すべきだ」

「王は倒す」

エドマンドに迷いはなかった。「だがクヌートの力を借りるわけにはいかない。それではイングランドがなくなってしまう」

「イングランドよりおまえのほうが大事だ」

トスティーグはエドマンドの肩を強くつかんだ。「おまえが一番よく知っているはずだ。クヌートは手強い。おまえを失いたくないんだ。きっとモアカーもシガファースも同じ気持ちだ」

エドマンドはうれしかった。胸が温かいもので満たされ自然と笑顔になった。

「ありがとうトスティーグ」

「エドマンド、言うことを聞け」

「いいんだ。もういい」

「聞いてくれ。頼むから」

兄とも慕うトスティーグのハンサムな顔を見ながら、エドマンドは微笑を浮かべるよりほかなかった。たまらずにトスティーグはうめいた。

「お前と敵味方になるなんて――」

「トスティーグ頼む。エディスをイースト・アングリアに連れて帰ってくれ」

ようやくエドマンドは肩の荷を下ろした気持ちになれた。

「帰りません」

唐突な言葉に、トスティーグもエドマンドも驚いて顔を上げた。

エディスは思い詰めた顔で父親に言った。

「父さま、私ここに残る。いいでしょう?」

エドマンドは、あ然としてエディスを見返すしかなかった。

トスティーグもばかなと首を横に振った。

「これ以上心配させるな。お前がここに残るなんて許さない」

「でも」

「だめだエディス。確かにエドマンドはいいやつだ。皆こいつが好きでたまらん。だが、ここにいてどうする。おまえに何ができる」

「裏方の仕事がいくらでもあります」

「オールガに任せればいい。ここが戦場になるかもしれないんだぞ。おまえなど足手まといになるだけだ」

何一つ言い返せなかったのが悔しかったのだろう。唇をかんだエディスの瞳がみるみる涙で潤むのを見て、エドマンドは胸を痛めた。

「いや、もしエディスがいてくれなければ、おれはとっくに終わっていた」

しまった――と悔やんだときには手遅れだった。トスティーグは驚いた顔で娘とエドマンドを見比べている。

「エドマンド?」

「違う」

エドマンドはあわてた。「違うんだ、誤解しないでくれ」

シガファースが遺したエディスに、そう簡単に手をつけられるはずがない――それはトスティーグも信じていたようだが、念のため家令のオールガを見た。オールガはあわてて首を横に振った。「いいえ、そんなことには、まだ」

「まだ?」

トスティーグは苦悶の表情を浮かべた。

いきなりエドマンドの腕をつかむと、外に引きずり出そうとした。そしてついてこようとするエディスを目で叱った。

「男同士の話だ。お前はオールガとここにいろ」

トスティーグに引きずられるままエドマンドが外に出ると、冷たい雨が、先程より勢いを増してかやぶき屋根の軒先《のきさき》から滴り落ちていた。トスティーグは雨に打たれるのもかまわず、エドマンドの腕をつかんだまま声をひそめてたずねた。

「アゼルスタンじゃないだろう」

エドマンドは驚いてトスティーグの目を見た。

トスティーグは容赦なく問い詰めた。

「ローフの葬儀で、アゼルスタンはエディスを見初めたりしなかった。お前だエドマンド。お前がローフの葬儀でエディスに気付き、隣のアゼルスタンにたずねたんだ。あれはどこの家の娘かとな。知らなかったアゼルスタンは、シガファースに調べるよう頼んだ。シガファースはすっかり誤解した。アゼルスタンがエディスを見初めたんだとな。違うか?」

エドマンドは、謝るしかなかった。「すまない」

「やはりそうか」

「すまなかった。誰にも言えなかったんだ。シガファースが誤解していると気づいた時には、もう二人の結婚はすっかり決まっていた。今さらアゼルスタンじゃなくておれだとは――」

「あの山羊小屋で会ってから十何年だ。それでもすぐエディスだと気づいたのか？」

なぜ山羊小屋でのことまで知っているんだと驚きながらも、エドマンドはうなずいた。

「一目でわかった。泣き崩れたローフの奥さんの背中を、エディスが何も言わずに撫で下ろしていたんだ。おれはずっとエディスを捜していたんだ」

「聞けエドマンド」

トスティーグの低い声が震えた。「私は、エディスを一切表に出さずに育ててきた。誰にも会わせたくなかったからだ。だが一番会わせたくなかったのは――いや、会わせるわけにはいかなかったのは、お前だエドマンド」

「おれ？」

エドマンドは驚愕した。「おれを、エディスに？　どうして――」

「遺言だ」

「遺言？　いったい誰の」

「エルギフ様だ」

死んだ母の名は、ますますエドマンドを混乱させた。「どうして母上がそんな――」

その時エドマンドの脳裏に、城を出る直前、エマの聴罪司祭が言った言葉がよみがえった。

「エディスの母親が、デンマーク王家の血筋だから？」

トスティーグは、忌々しげに顔を背けながらうなずいた。

「グンデヒルダと私が一緒になれたのは、エルギフ様とローフのおかげだ。エルギフ様の具合がひどく悪いと聞いた私は、エディスを連れて王宮に見舞いに行った。エルギフ様が亡くなられる前の夜だ」

声もないエドマンドに、トスティーグはうなずいた。

「そうだ。あの夜だ。お前はこっそり山羊のミルクをしぼってエルギフ様に届けたそうだな。そして枕元でエルギフ様に言った——山羊小屋に、迷子の女の子がいた。優しい手をしていた。ぼくはあの子と結婚すると」

エドマンドの手に、死にかけた母の手のひんやりとした感触がありありとよみがえった。

あれは、母が死ぬ前の夜だった。七歳のエドマンドにも避けがたい死が迫っているのがわかるほど、母の命の炎は細くなっていた。ほんのささいなきっかけで泣き出しそうな自分の背中を、小さなエディスがさすってくれた。母の死からはもう逃れられない。だがこの女の子さえそばにいれば、なんとか乗り越えられるかもしれない——そう思ったエドマンドは、瀕死の母の枕元で言ったのだ。ぼくは、あの子と結婚するから大丈夫。心配しないで、と。

「お前が自分の部屋に引き上げたすぐあと、私はエディスを連れてエルギフ様を見舞った。エルギフ様は、とても喜んで下さった。だが、エディスと二言三言言葉を交わされたエルギフ様は、すぐに気づかれた。さっきエドマンドが話していた優しい手の女の子とは、このエディスのことだとな。エルギフ様は涙を流された。そして声を震わせながら言われた。イングランドの第二王子が、宿敵デンマークの王族の娘に恋をしてしまった。この恋はエドマンドを幸せにはしない。この子もグンデヒルダ以上に苦しい思いをすることになる。二度とこの子をエドマンドに会わせないでくれ、とな。それがエルギフ様の最後の頼みとなり、遺言になってしまった」

エドマンドは驚きを隠せなかった。

「だから、エディスを表に出さずに――」

「しかしロークの葬儀に出さないわけにはいかなかった。もしロークが私とグンデヒルダを助けてくれなければ、エディスは生まれていない。それどころか、私だって生きてはいない」

エドマンドが何も言えずにいると、ようやくトスティーグは顔を上げた。

「迷子だと思ったんだな？」

エドマンドは驚いた。「違うのか？」

トスティーグは小さくにが笑いした。

「今となってはどうでもいいことだ。エディスが幼くて何も覚えていないのは幸いだった。お前ももう、エディスのことは忘れてくれないか。頼む」

「心配するな」

エドマンドはあわててうなずいた。「シガファースと結婚すると聞いて、あきらめがついた。エディスにだって何も話していない」

そうか、と苦しげな表情でうなずいたトスティーグは、絞り出すように言った。

「エディスには、あのままシガファースと幸せになってほしかった。政治がらみのことには巻き込みたくなかった」

大丈夫だとエドマンドはトスティーグの肩を強くつかんではげました。

「クヌートだって、シガファースに負けないくらい立派な男だ。お前は娘をいい男と婚約させた。エディスは絶対に幸せになれる。さあ、何をしている。早くエディスを連れていかないか」

エドマンドがトスティーグの大きな背中を押すと、トスティーグは振り向かずにはいられなかった。

「だがエドマンド、お前は」

エドマンドは腹を立てた。

「おれのことはもういい。トスティーグは、エディスのことだけ考えてやれ」

強く背中を押されるまま、重い足取りで小屋の中に戻ったトスティーグは、エディスの手をつかんで小屋の外に連れ出した。エディスは父親に必死に訴えた。

「私は、シガファース様の代わりにここにいます」

トスティーグは首を横に振った。

「シガファースの代わりになどなれるものか。お前がシガファースの何を知っている」

「わかるもの。もしシガファース様だったら、何があろうがエドマンド様のそばを離れない」

トスティーグは、エディスの目を見ながら思わず言葉を失った。

エディスは父親の手をふりほどいた。そしてふりほどいたばかりの父の両手を取り、逆に優しく包みこんだ。

「お願い、父さま。デンマークにつくのはやめて。いつもエドマンド様の話をしてくれていたじゃない。どうして今助けて差し上げないの？」

トスティーグは唇をかんだ。

「いいやつだ。だが、こいつは優しすぎる」

「ええ、エドマンド様は確かにお優しい。でも、この方の中に流れる凶暴な血がわからない？」

エディスはエドマンドを手で指した。

「この方は、イングランドに必要なんです」

「よせ」

苛立ったトスティーグは、吐き捨てるように言った。

「イングランドなどもうなくなったも同然だ」

「まだある」

エディスは、胸をはって言い放った。

「エドマンド様が折れない限り、まだイングランドはある」

冷たい雨に打たれながら、トスティーグは見たこともない生き物でも見るように自分の娘に見入った。

少し離れて見守っていたエドマンドには、口を出すことも何もできなかった。トスティーグが気持ちを変え、自分の味方についてくれないだろうか——いや、やはりトスティーグはエディスを連れてクヌートのところに戻るべきだ。エディスが安心できるところへ、一刻も早く。

「来い」

トスティーグは、もう一度エディスを強引に馬に乗せようとした。

「いや」

水しぶきが飛び散り、よろめいたエディスが濡れた地面に倒れ伏した。トスティーグが手を上げたのだ。

「よせ！」

あわてて間に飛び込んだエドマンドは、助け起こしたエディスを叱りつけた。「ばか、黙って馬に乗れ。父親の言うことを聞くんだ」

「娘にさわるな」

顔を上げたエドマンドの目の前で、トスティーグが剣を抜いた。

「トスティーグ？」

冗談でも脅しでもなかった。あわててエディスを突き放したエドマンドは、振り下ろされる刃からかろうじて逃れた。オールガが間に入ろうとしたのを手で制した。「手を出すな」

トスティーグはさらに迫る。

だがトスティーグ相手に剣を抜くことなどできなかった。エドマンドは転がりながらなんとか刃を避け、そのまま泥の上を後退した。

「頼むトスティーグ、剣を収めてくれ。エディスは賢い。言い聞かせればわかる」

「黙れ」トスティーグは柄を握り直した。

「やめて」

割って入ろうとするエディスをエドマンドは怒鳴りつけた。「離れてろ」

なんとかトスティーグの気持ちを鎮めたい。だがトスティーグは聞く耳を持たない。

「クヌートのほうが、娘にふさわしい」

そうに違いない。エドマンドには返す言葉がなかった。トスティーグは言い放った。

「力尽くでも連れていく」

父の気迫に、さすがのエディスも息をのんだ。そのままトスティーグは乱暴に腕をつかみ、否応なしに引きずっていく。

エドマンドには納得できなかった。自分に剣を突きつけるのはかまわない。エディスを連れていくのもいい。

だが、馬や山羊ではない。エディスは自分を支えてくれたしっかりとした女性だ。いやだと言うのを有無を言わせず、こんなふうに力尽くでクヌートの前まで引きずっていくつもりか？

「待て」

エドマンドは叫ばずにはいられなかった。「乱暴するな。ちゃんと言って聞かせるから」

振り向きざま、トスティーグは猛然と剣を振りおろしてきた。盾になろうとエディスが前に飛び出した。「ばか、下がってろ」

気づいたときには、エディスをかばいながら『オファの剣』の刀身でトスティーグの剣を受けていた。いつ抜いたのかわからない。鋼《はがね》同士が鈍い金属音をたて、トスティーグがさらに力を込めたのが手元で感じられた。上背はややトスティーグが勝っている。場数も踏んでいる。

そしてトスティーグが殺そうとしていたのは、もはやエドマンドだけではなかった。父親からエドマンドをかばおうとするエディスにも殺意を向けた。

「こんなところにおいていって無残な目にあわせるくらいなら、いっそ――」

「離れろ、エディス」

あとでエドマンドは何度もこの場面を思い返そうとした。だが、ついにできなかった。思い出せない。エディスの身を守ろうと、よほど無我夢中だったに違いない。

トスティーグが何かに気づいて剣を引いた。

エドマンドも気づいた。館のほうからシガファースの騎士たちが、松明片手にこちらに駆けつけてくる。サム爺があわてて呼んできたらしい。

身を翻したトスティーグは馬に飛び乗ると、振り向くことなくその場から猛然と駆け去った。その場に座り込んだエディスにエドマンドは駆け寄った。「けがは」

エディスは力なく首を横に振った。よかった――とエドマンドがようやく息をついたとき、騎士たちがやってきた。だが状況がのみ込めない。「追いますか？」

「いや」

エドマンドは握っていた『オファの剣』をあらためて見た。

「どうかしていた」

トスティーグ相手にこの自分が剣を抜くなんて。

エディスは雨に打たれながら、まだ父が消えた暗い森を呆然とながめている。エドマンドは剣を収めながら言った。「供をつけるから馬で追え。おまえならまだ間に合う」

エディスは小さく首を横に振った。

「シガファース様が私にこの館を残されました。ここが私の居場所です」

「聞け」

手を引いて立たせると、雨に濡れたエディスの手が小さく震えている。寒さのせいだけではないだろう。

「いいか、クヌートならば大丈夫だ。立派な男だ。どう考えてもクヌートの妻になるほうがいい。ここに残っておれを助けてくれるつもりらしいが、おれはもう王子でもなんでもない。王宮から追われて、何も持たない。何の力もない」

「あなたがなんであろうが」

エディスの声が震えている。「シガファース様だったら、あなたのおそばを離れない」

返す言葉もなかった。

ふと気が付くと、まわりで騎士たちが熱くうなずきながら涙ぐんでいるではないか。エドマンドは憤然となった。「おまえら何を見てる」

見世物ではないと、エディスの手をつかんで館へと歩きだした。

（こんなに冷たくなって——）

ぬかるむ足元より、さらに気持ちは乱されていた。トスティーグが来るのをあれほど二人で待っていたのに、どうしてこんなことになった。まさか自分まで剣を抜くなんて——こんなふうにトスティーグと別れなければならないなんて——苛立たしくてならなかった。

エディスをどうすればいいのかわからない。

「おまえは、おれのことが嫌いだったはず」

「嫌いです。大嫌い」

エディスは悔しげに嘆いた。「あなたのせいで、私はシガファース様とろくに話しをすることさえできなかった。だからこそ悔しい。エドマンド様がもどかしい。本当は、クヌート様の手玉に取られるような方ではないはず。吐き出してください。私、少しでもシガファース様の代わりになりたい——」

エディスの頬が濡れている。涙なのか雨なのかわからない。

二人は雨に打たれ続けた。

「おれは、おまえが言うほど凶暴じゃない」

エドマンドは自分の手を見た。「違う、そうじゃないんだ。だけど、おまえがからむといつもこうなる」

「私？」

「そうだ。どうかしてる。ばかみたいに木を殴りつけてけがをしたり、人に思い切りカップを投げつけたり、アゼルスタンに口答えしたり——自分でもびっくりだ」

まさか、トスティーグ相手に剣を抜くなんて。

「おまえを思うと、凶暴になる」

エディスが、何それ、と涙で濡れた目を丸くした。「どういう、こと？」

エドマンドは歯がみした。

「強くなれるということだ」

クヌートと剣を交えながら決着がつけられなかったあの日も、戦場に雨が降っていた。

（強くなりたい——）

女中頭や他の女中たちが、おろおろしながら裏門から駆け出してきた。女たち全員でエディスを抱きかかえるようにして、館の中に連れ入った。

＊

翌週。

クヌート率いるデンマークの船団が、イングランド東海岸各地に押し寄せたとの知らせがエドマンドの元に届けられた。

あとになって詳細がわかるが、最終的な軍船の数は二百艘近く。ということは、どう猛な北欧の武装兵が一万人ほども上陸してきたことになる。

ロンドンにいる国王は、なんとかしてこの侵攻を回避しようとあの手この手を打ってきた。だが、結局阻止できなかった。頼みのノルマンディー公も、ブルゴーニュとにらみあいが続き、兵は出せないという。

クヌートの侵攻は開始された。

案じられたとおり、イングランド王はほとんど自分の軍を動かすことができなかった。王族の最高指揮官が不在なので、兵の士気は低く王軍は解散寸前だ。王都ロンドンを守る効果的な防衛策はないに等しく、抵抗らしい抵抗すらできない有り様だ。

しかし、このころまでにはすでに『デーン派』貴族たちの多くがエドマンドの元に集まりつつあった。

「どうなりますかな」

わくわくした様子で戦支度を手伝うオールガに、エドマンドは苦笑した。

王軍ではない自分たちが、凶暴なデンマーク軍相手にどれだけ戦えるか。何の肩書もない自分が、イングランドの男たちをどれだけ動かすことができるか。

実際に戦ってみなければ、何もわからない。

「最初の戦で決まるだろうな」

「はい。エドマンド様が勝利すれば、お味方はぐんと増えるでしょう。この館がますますにぎやかになります」

「負ければそれで終わりだ。みんな風のように散って、ネズミも住まなくなる」

戦支度をととのえたエドマンドは、ハロルドやみなが待つ正面玄関前の前庭に向かった。支度を手伝ったオールガや騎士たち、従士たちがあとからついてくる。

玄関ホールに、エディスと女たちが見送るために立っていた。

エドマンドは足を止めた。

これが最後になるかもしれない。

「すまん、先に行ってくれ」

察したオールガたちが先に外に出て、女たちもどこへともなく立ち去ってくれた。薄暗くほこりっぽい玄関ホールで、エディスと二人きりになったエドマンドは覚悟を決めた。

「吐き出すぞ」

エディスはうれしそうだ。

「時間がない。一度しか言わない——シガファースに、本当のことを話せなかった」

首をかしげたエディスに、エドマンドは視線を伏せた。

「兄さんじゃない。ローフの葬儀でおまえを見て、どこの家の娘か知りたいと思ったのはこのおれだ」

エドマンドは胸を熱くした。

あのころの自分ときたら、まるで子どもだった。兄アゼルスタンの大きな背中にかばわれてたくさんの兄貴分たちに守ってもらいながら、何の苦労も知らずに過ごしていた。

「隣に座っていた兄さんに聞いても、おまえが誰だかわからなかった。兄さんは、たまたま斜め前に座っていたシガファースに調べてくれと頼んだ。驚いたな。おまえはトスティーグの娘だった。そのすぐあとだ。兄さんが死んだのは――シガファースは誤解した。兄さんがおまえを見初めたと思い込んだんだ。おまえを他の男に取られたくないと思い、シガファースはトスティーグに縁組みを申し込んだ。おれが縁談を知ったときには、もう何も言えなかった。すべて整っていた。シガファースもトスティーグもとても幸せそうだったし、おまえだって幸せそうだったから、これでいいと思うことにしたんだ」

違う、そんなことを言いたいんじゃないとエドマンドは顔を横に振った。

「つまり、何が言いたいのかというとだな、全部おれのせいだってことだ。もしあのときおれが兄さんにおまえのことを尋ねたりしなければ、シガファースはおまえのことを知らなかった。おまえが夫を殺され、修道院に送られそうになったり、王に命を狙われることもなかった。こんなふうに、父親のトスティーグと敵味方に別れることだってなかった」

わかるか、とエディスを見た。

「おまえに今これほどの苦労をさせているのは、このおれなんだ」

そこまで息を詰めて聞いていたエディスは、あわてて頭の中をまとめようとした。

「つまり、エドマンド様を恨めと？」

「そうだ」

エドマンドはエディスの賢さに感謝した。

「この先もっとひどい目にあわせるかもしれない。覚悟してくれ。もし誰かを恨みたくなったら、とりあえずはおれだ。他は恨むな」

言うだけ言うと、ようやく胸のつかえが取れた。「それだけだ」

エディスはとりあえずうなずいた。

「わかりました」

本当にわかったのかと疑いたくなるくらい、エディスはふだんとかわらないしっかりとした表情をしていた。

「どうぞご無事で——ご武運を祈ってお待ちしております」

エドマンドの胸がうずいた。

不快な痛みではなかったが、顔をしかめた。「妙な気分だ」

「何か?」エディスが案じ顔になった。

「うまく言えない」

エディスがここで自分の帰るのを待っている。

たったそれだけのことが、エドマンドの胸をうずかせていた。うれしいのとは少し違う。痛ましい思いも混じっていた。二度と戻れないかもしれない。心配させながら待たせたくない。できるものなら早く戻ってきてやりたい。

戦に出る前にこんなことを思うのは初めてだ。

(勝って、早くここに戻ってきたい)

いきなりエディスがエドマンドの手を握った。ふいをつかれたエドマンドは、危うく柔らかい手を握り返してしまうところだった。エディスが小さなものを握らせた。

「連れていってあげて」

それは、シガファースが花嫁のエディスにはめた指輪だった。

何の石飾りも装飾もないからこそ、美しく思えた。切れ目のない単純な円は、永遠の象徴だ。

久しぶりにシガファースがそばにいる。

「なくすかもしれん」

「なくすものですか」

エディスは笑顔になった。

「どうぞ連れていってあげてください」

指輪を握ったままエディスに送り出されるようにして正面玄関を押し開いた。あまりの日差しの明るさに、エドマンドは目を細めた。

前庭には、百人を超える武装した男たちが詰めかけている。

ここにいる男たちは、おそらく一人残らず覚えているはずだ。こんなとき――戦を始める直前のアゼルスタンが男たちに発する言葉は、鳥肌が立つほど雄々しく勇ましかった。よく通る力強い声で、男たちの士気を高め、弱気をなぎ払い、勇気を奮い立たせた。男たちは熱狂し、身震いしながら声をからして叫んだものだ。アゼルスタンのために死ぬ、アゼルスタンのために死ぬ、アゼルスタンのために死ぬ。

（アゼルスタンならば、何と言って気合をかける）

笑い飛ばしたのは、手の中のシガファースだ。

――『戦う王子』の代わりになれる者など誰もいない

「みんなありがとう」

素直な気持ちを静かに吐き出すと、自然に顔がほころんだ。

「みんなのおかげで、おれは今、こうしてここに立っている。おそらくイングランド一の幸せものだ。もう、いつ命を落としても悔いはない」

広々とした庭が、しいんと静まりかえってしまった。

(しまった)

これから戦いだというのに――。

男たちは一人残らずエドマンドを見つめている。

やがて、ハロルドが歩み寄って肩を叩いたのをきっかけに、先を争うようにエドマンドに駆け寄り、抱きついたり、笑いながら背中や肩や頭を手荒く叩きだした。もみくちゃにされたエドマンドはついにはそのまま担《かつ》ぎ上げられた。楽しそうな男たちの肩の上でエドマンドも可笑しくなってしまった。アゼルスタンがこんなふうに好きなようにされているのを見たことがない。

男たちはそのうち口々に叫びだし、やがてその叫びが一つになった。エドマンドのために死ぬ――とは聞こえなかった。そんなことを叫んでほしくはない。

エドマンドを一人では死なせない。
エドマンドを一人では死なせない。
エドマンドを一人では死なせない。

どういうわけか、みな涙ぐんでいた。泣きながらも笑いが止まらない。エドマンドの胸も熱くなった。

無謀な抵抗が、幕を切って落とされた。

クヌート率いるデンマーク軍は、まず分散して東海岸の良港を押さえ、そこを足がかりに、王都ロンドンへ向かって歩兵をおし進めてきた。

エドマンドたちは、自分たちで作った地形図を囲んで、少ない兵で最大の戦果を挙げられるよう策を練った。数ではデンマーク軍にかなわない。だが、土地勘のあるエドマンドたちには、地の利がある。土地の者たちもエドマンドには協力を惜しまなかった。農民たちは鋤《すき》を手にして戦おうとし、漁師たちはすすんで船のこぎ手となった。

最初の小競り合いに、エドマンドたちは勝利した。

七

その後しばらく、エドマンドとクヌートのどちらも完全な勝利を得ることができない小競り合いが繰り返された。

移動中の大軍の横腹をエドマンドに奇襲されるのを嫌って、クヌートはむやみに軍を動かせなくなった。補給路の安全確保も危うい。

クヌートの足を止めることに、エドマンドはなんとか成功していた。

するとエドマンドの元に少しずつではあるが、さらに人や物資、資金が集まりだした。ロンドンの商人たちの多くも、エドマンドの抵抗戦線を援助してくれる。

そんな矢先――一〇一六年四月。

道をあけろと怒鳴りながら、エドマンドたちの天幕に騎士が駆け込んできた。

「ロンドンからの急使」

エドマンドはぞっとした。

三年前のように、また父王が王冠を放り出して、海を渡り、ノルマンディー公国に亡命してしまったのではないだろうか？

（もしまた父上にそんなことをされれば、その時点でイングランドという国は終わりだ）

騎士についてあとから入ってきたのは、一人の商人だった。地味な旅姿に身を包んでいたが、ロンドン一の織物商の番頭オズボーンだ。エドマンドの服の生地はほとんど彼が選んでいる。日ごろから親しくしているエドマンドを、沈痛な顔で見つめた。

「陛下が息を引き取られました」

一同息をのんだ。ハロルドが確かめた。

「確かか」

「はい。まだ公《おおやけ》には伏せられていますが、確かな筋からの情報で、まず間違いはありません。この半月ほど、床に伏せたきりだったとか」

エドマンドは、悲しく思った。

父親の死が悲しかったわけではない。

父親が死んだというのに、悲しく思えない自分が、無性に悲しかった。だからといって、父親の死がうれしいわけでもない。エドマンドは自分の気持ちを持てあました。幼少時のいい思い出だけを拾い集め、あとはきれいに捨てるような、そんな要領のいいことをできるわけがない。

(エディスがそばにいたらな)

そう思った自分にエドマンドはあきれた。山羊小屋でのように、背中を優しく撫でてほしいのか？　いやエディスのことだ。しっかりしろと頬をひっぱたかれるのがおちだ。

ハロルドが憮然としながらつぶやいた。

「例の密約どおりに、エマが陛下を殺したんでしょうか」

ノルマンディー公が、デンマーク王とひそかに結ぼうとしていたおぞましい密約があった。

シガファースがエドマンドに書き残した最後の手紙によると、王妃エマが王を暗殺すると同時に、クヌートが王宮に入り、イングランド王として即位する手はずになっていた。そしてクヌートがエマを王妃に迎えて、デンマーク王国とノルマンディー公国との同盟をこの上もなく固いものにする。

だが、今の時点では、まだクヌートはロンドンに入城できないでいる。

エドマンドたち抵抗軍が、なんとかクヌートの足を止めていたからだ。おぞましい密約を実行するには、ややタイミングが早すぎた。

「おそらく父上は、病で命を落とされたのだろう。おれが王宮にいたころから、すでに体調が優れなかった。エマもうろたえているかもしれない」

「どうなります？」

「エドワードが継ぐしかない」

だが、異母弟エドワードはまだたった十二歳だ。もちろん母エマや伯父ノルマンディー公が補佐するだろうが、異母弟の過酷な運命にエドマンドはやりきれない思いがした。

「エドワードのことが心配だ。おれたちでなんとかクヌートを食い止め、エドワードを助けてやらねば――」

エドマンドたちが予期したとおり、イングランドの王室は、エドワード王子が即位するための手続きを内々で開始した。

しかし、エドワードはまだ年少であるうえ、先天性白皮症《アルビノ》だ。生まれたときに彼を王子として認めるかどうかさんざんもめた教会関係者やロンドン市の評議会が、この非常時にすんなりエドワードを即位させるはずがない。

案じたエドマンドは、異母弟エドワードの戴冠をなんとか認めるよう、仲間を通じて聖職者たちやロンドン市の評議会に働きかけた。

だがいい反応は得られない。

同じころ。

クヌートが本国デンマークの兄王に依頼していた増援部隊が、ようやくイングランドの東海岸に上陸してきた。

勢いを得たクヌートは、王座が宙に浮いたままのロンドン目指し、とうとうテムズ川に迫ろうと仕掛けてきた。

情勢が緊迫する中、数名の商人がエドマンドたちの陣地をひそかに訪れた。

「ライアンが面会を求めてきました」

ロンドンの商人たちを束ねる評議会議長のライアンは、老人ではない。まだ三十代半ばのやり手の豪商だ。突然の来訪にハロルドたちは首をひねった。

「こんなところまで何をしに？」

エドマンドはうなずいた。

「おそらく、エドワードが王位を継ぐ件、承知できないと伝えに来たんだろう」

異母弟エドワードの戴冠にはっきりと待ったをかけ、そして、もうこれ以上の協力はできないと言ってくるかもしれない。

機を見て味方につく側をしたたかにかえるのは、商人ならば当然の行いだ。今のうちにデンマークに鞍替えすれば、ロンドンの商人たちの利益を守れると判断したか。

（ライアンならそうする）

エドマンドはよく覚えている。そもそもライアンという皮革加工商は、生前のアゼルスタンを敬わなかったただ一人の人物だ。あの『戦う王子』アゼルスタンにさえ敬意を払わなかった傲慢な豪商が、こんな無謀な抵抗に手をかすわけがない。

（終わりか）

ここまでエドマンドを助けてくれたのが、そもそも不思議だった。

ロンドンの商人たちの援助がなくなれば、イングランドを守るためのエドマンドの戦いも終わる。イングランドも終わる。

（いや、せっかくライアンがここまで来てくれたのだから、最後だと思って、精一杯話すだけ話してみよう。だめでもともとだ。おれの口から頼める最後のチャンスだ）

エドマンドは天幕を出た。

ややもすればくじけそうになる気持ちを、なんとか奮い立たせたかった。エディスが言ってくれた言葉を何度も口の中で唱えた。自分が折れない限り、イングランドは終わらない。自分が折れない限り、イングランドは終わらない――。

＊

ライアンたちは立ったままエドマンドが来るのを待っていた。

エドマンドたちが天幕に入っても、にこりともしない。だがそんなことはどうでもいい。まずはロンドンの様子を知りたかった。案じられてならない。

「みんな大変な思いをしているだろうな」

うなずいたライアンに椅子をすすめた。「座ってくれ」

「とんでもない」

ライアンは立ったまま、用件を述べ始めた。

「ロンドン市の評議会を代表し、評議会が、以下の二つの議題で意見の合致を得たことをお伝えしに参りました。まず一つ、今の状況下でのエドワード様の戴冠は、評議会としては承伏いたしかねます」

思ったとおりの口上だ。エドマンドはうなずいた。

「確かに、異母弟のエドワードはまだ若い。だが人一倍聡明で、人を思いやる気持ちに優れている。伯父であるノルマンディー公の後ろ盾もある。もちろん異母兄のおれも全力で支える。どうかイングランド王として認めてやってほしい」

「すでに評議は定まりました」

とりつく島もないとはこのことだ。エドマンドはあきらめず、エドワードが将来必ずロンドンに利益をもたらすことを繰り返し言い聞かせたが、ライアンは眉一つ動かさない。

「エドワード様が王位を継承する件、承認いたしかねます」

同じようなやりとりが何度か無益に繰り返されたあと、エドマンドは肩を落とした。

「残念だ」

（これで終わりか——）

しかし自分がやれるだけのことは、すべてやったと思えた。エドマンドは立ち上がった。

「こんなところにまで来てくれてありがとう。どうか、このあとのロンドンのことをくれぐれも頼む。みんなにもよろしく伝えてくれ」

二つ目の議決をライアンが言い出す前に送り出そうと思った。

これ以上の協力はできないと、ライアンに言わせたくなかった。言わせてしまえば、負けたのはライアンのせいだと思いたくなる。負けたのはライアンのせいでも誰のせいでもない。

（おれが負けたのは、おれの力が足りなかったからだ）

悔しくてならない。

ふと気づくと、ライアンが、エドマンドのかたわらに置かれた『オファの剣』をじっと見つめている。

きっとこれがアゼルスタンの佩刀《はいとう》だったとは知らないだろう。エドマンドはますます悔しく思った。

「アゼルスタンがここにいればな」

「確かに」

驚いたことに、ライアンはため息混じりにうなずいた。

「アゼルスタン様はこの名剣を帯びるにふさわしい、素晴らしいお方でした。生きておられればきっとオファ王のような、イングランド史に残る名君になられたに違いない。しかしながら、市民を守ってやらねばという使命感の強さゆえか、守るべき私どもに、心を開ききってはくださらなかった。私も、もどかしい気持ちばかりが先走って、うまくお仕えできなかったのが悔やまれてなりません。今、こうしてこの剣を前にすると、申し訳ない気持ちでいっぱいになります」

エドマンドは驚いた。

ライアンがアゼルスタンを惜しんでいる。そんなふうに思っていたなんて。

「すまない」

驚いたライアンは、首をかしげた。

「お詫びしているのは私です。なぜエドマンド様が」

「おれはそばで見ていて知ってた。おまえは兄さんとそりが合わなかった」

ライアンは苦笑しながらうなずいた。

「さぞこざかしいやつだと思われていたことでしょうな」

「そうだ。アゼルスタン兄さんも、おまえとそりが合わないことをひどくもどかしく思っていた。そばで見ていたおれが、二人の誤解を解いて、少しでもそりを合わせることができれば――イングランドの王太子とロンドン市の評議会議長が息を合わせれば、きっと大きな事を成し遂げられただろうに――」

二人は同じ年ごろだった。ひょっとしたら盟友にだってなれたかもしれない。

悔しすぎて、エドマンドは泣けてきた。

このまま敗戦の将となっても、きっと悔し泣きはしないだろう。だが、生前のアゼルスタンとライアンの仲を取り持つことができなかったことは、悔やんでも悔やみきれない。

あのころは兄のアゼルスタンに憧れるあまり、アゼルスタンとそりが合わないというだけで、ライアンを傲慢なやつとしか思えなかったのだ。

（おれときたら、なんと了見《りょうけん》の狭い――）

みっともないとは思ったが、エドマンドは悔し涙を止めることができなかった。

「すまなかった」

ライアンはエドマンドの泣き顔をあきれたように見つめている。

やがて、のぞき込むようにして言った。

「私どものみこしに、担がれてはいただけませんか？」

「みこし？」

「評議会は、次の王にエドマンド様を推挙いたします。そのことをお伝えするため参りました」

どういう意味なのか、エドマンドはライアンの真意をはかりかねた。

ぽかんとしたままのエドマンドに、ライアンがもう一度言った。

「あなたに戴冠していただきたい。それが二つ目の議決です」

「おれに？」

だめだだめだ、とエドマンドはあわてて涙をこすりとった。

「聞いてないのか？　父上はおれの継承権を取り上げられたんだ」

ライアンは思わず声をのんだ。

もちろんライアンがそのことを知らないはずがない。エドマンドの欲のなさにあきれ果てると同時に、微笑ましく思ったのか、ライアンは口角をやや上げた。

「まだ書面を頂いておりませんな」

「書面？」

「左様。書面にして評議会に届けていただかないうちは、継承順位変更の手続きを正式に踏むことはできません」

エドマンドは戸惑った。

父王が病だったせいで、書面にするのが遅れたのだろうか。そもそもそんな書面が必要とは――手続きが踏めない？

「――と、いうことにしておきましょう」

ライアンは許しを請うた。「座らせていただいても？」

もちろん、とあわててうなずいたエドマンドの前にようやく腰を下ろしたライアンは、年のころでいうと、アゼルスタンやシガファースとかわらない。ひざをつき合わせたエドマンドは、久々に兄貴分たちといるような気持ちにさせられた。

「私どもは、ご覧のとおり、商人です。商人というものは、勝算がまるでない勝負には決して出ません。あなた様はなんといってもあの『戦う王子』アゼルスタン様の実の弟君で、アゼルスタン様が育てたも同然のお方だ。戦上手の証拠に、今現在も自ら軍を組織して防戦し、クヌートの足を食い止めていらっしゃいます。すでにロンドンの商人どもはあなたの抵抗戦線を全面的に援助しています。近々五つの自治都市も、エドマンド様支持を表明いたします」

エドマンドは驚いた。イングランドの五つの自治都市――ダービー、レスター、リンカーン、ノッティンガム、スタンフォードがエドマンドの味方についてくれる？

ライアンはうなずいた。「『エマ派』貴族の方々には、それぞれ取引がある私どもの仲間が手を回して、エドマンド様が王位に就かれる件、内々に話を進めています」

「エマがそんなことを認めるだろうか」

「認めさせます。これ以上国王不在が続けば、国が立ちゆかなくなる。あなた様の戴冠は、私どもがエマ様に認めさせます」

勝負に出ようとする商人のすさまじさをエドマンドは思い知らされた。一つ間違えばすべてを失うだろう。商人といえども戦いは命がけだ。

しかし、それでもなおエドマンドはこの話を受けるのをためらった。

ライアンにはわからない。「なぜためらわれる」

「器《うつわ》ではないからだ」

エドマンドは答えに迷わなかった。

するとライアンは否定するどころか、大きくうなずいた。

「確かに、あなた様は、アゼルスタン様にはまだ遠く及ばない。若くて、未熟でいらっしゃる。ですが、あなた様はそのことをいやというほど承知されていて、だからこそ私どものの言うことにまで真摯《しんし》に耳を傾け、私どもといっしょに必死になって考えてくださる——」

ライアンはいたずらっぽく微笑んだ。「——と、ロンドンの商人たちがみな口をそろえてそう言うのです。私にも今よくわかりました。エドマンド様のお心が開かれているからだ。むしろあまりにもあけっぴろげのままなので、心配になるほどです。どうぞ私どもにあなたのみこしを担がせてください。北欧の海賊どもに、ロンドン市場を仕切られるわけにはいかない」

それでもなおエドマンドには、軽々しくうなずくことができなかった。

固唾《かたず》をのんでいたハロルドがとうとうこらえきれなくなり、「受けるべきだ」とエドマンドに叫ぶように言った。

「エドワードのためにも、そうするべきです」

それが最後の決め手となった。

自分が王座に就けば、エドワードを守ってやれる。

「わかった」

さすがに座っていられれず、立ち上がったエドマンドは仲間たちを見た。

「みんな、力をかしてくれるか？」

それまでこらえていた一同、思わず雄叫《おたけ》びをあげずにはいられなかった。ぶつかるように抱き合い興奮を分かち合うのを見て、エドマンドの身体もおのずとわななないた。

こうして、図らずもエドマンドはイングランドの王位に就くことになった。

イングランド王エドマンド二世として、存亡の崖っぷちにあるイングランドを救う責を負ったのである。

＊

豪商ライアンの手腕により、ロンドンでの手続きは滞りなく進められた。戴冠するため、エドマンドはいったん戦場を離れ、急ぎロンドンに戻らねばならない。

途中、シガファースの館で一泊することになった。

シガファースの館に向かう馬の上で、盟友ハロルドは何度もぼやいた。

「追い出すわけにはいきませんかねえ」

エドマンドは苦笑するしかない。

エドマンドが戴冠したのちも、エマは、息子王子エドワードの後見役としてロンドンの王宮内にとどまるという。エドマンドのまわりでは、エドマンドの身を案じる声があがっていた。アゼルスタンの前例もある。

「食べるもの、飲むものにももちろん気をつけなければいけませんが、同じくらい心配なのが、あの女自身です」

つまり、若いエドマンドが、未亡人のエマに取り込まれてしまうことをみな心配していた。エマにとっては、おそらく赤子の手を捻るようなものだろう。そんなことになったら目も当てられない。

エドマンドは不本意だった。

確かにエマがありえないほど美しい上、その言動が魅惑的なのは、いっしょに暮らしてきたエドマンドが一番よく知っている。しかし。

「おれがあの女にどうこうなるはずないだろう」

「そうやってむきになるところが心許ない。あなたは戦は上手だが、女には初心《うぶ》で奥手だ。女の恐ろしさというものを知りません」

「知るか」

「エディスをロンドンに連れていくべきです」

ハロルドだけではない。皆口を揃えて急にそう言い出したので、エドマンドは閉口した。

「連れていくつもりはない」

「いや、エディスさえそばにいれば安心です。さすがの女狐も手が出せません」

「なぜエディスを」

「いまさらなんです。気づかれてないとでも思っているんですか?」

エドマンドがシガファースの館に入って以来、裏方を支えるエディスの甲斐甲斐しい姿は皆の胸を打っていた。

そもそも、危うく修道院に送られそうになったエディスを一人で救い出したのはエドマンドだというし、王宮を飛び出したエドマンドをシガファースの館に迎え入れてかくまい、今日まで支え続けたのはエディスだ。

極めつけは、デンマーク側についたイースト・アングリア伯トスティーグが開戦前夜、ひそかに娘のエディスを迎えに来たというのに、エディスがエドマンドのために残ったという噂だ。

もはや二人の仲を疑う者はいなかったし、とても好意的に見られていた。

だが、エドマンドは必死に打ち消してまわった。嘘ではない。自分たちの間には何一つ起こっていない。

「確かにエディスはよくやってくれている。だが、なんでもないんだ。嫁入り前の娘におかしな風評をたてるな」

「いいえ。堂々とロンドンに連れていくべきです。あなたは国王の座に就くんだ。国王のなされることに文句をつける者などいません」

エドマンドはげんなりしたし、腹も立った。

（エディスがシガファースの花嫁だったことを、もう誰も覚えていないのか？　シガファースが指輪をはめた娘に、手を出せるわけがない）

そのエディスが待つシガファースの館に、エドマンドたちは到着した。

出迎えたエディスの笑顔は、極力見ないようにした。おかえりなさいませと言うのにも、無愛想にうなずくだけにした。

しかしながら、この館に無事に戻れるたびに思ってしまう。

（無事を祈りながら自分の帰りを待っていてくれる人がいるのは、いいものだな）

出陣するときと同じ、あのうずくような、なんともいえない思いを味わうのはこれで何度目だろう。

あとしばらくは、この思いを味わえるものだと思っていた。

「こんな形で、ロンドンに戻ることになるとはな」

従者の手を借り、鎖帷子を手荒く脱ぎ捨てながらエドマンドが嘆くと、エディスはしみじみした様子でうなずき、脱ぐのを手伝っていたオールガは感無量で言った。

「きっと旦那様も喜ばれていることでしょう」

オールガはエドマンドの顔をのぞき込んだ。「で、どうなさるおつもりですか？」

「何をだ」

「もちろん、エディス様をです。お連れになるのでしょう？　ロンドンへ」

「オールガ。おまえまでがそんなことを言い出すなんて――」

エドマンドは深く嘆息した。

エディスが赤くなりながらオールガを叱った。

「やめなさい、お疲れなのに」

だがしかし、もしエディスをいっしょにロンドンに連れていけば、これからも戦のあとさきに、あのうずくような、なんともいえない気持ちを味わえるわけだ。

（いっしょに来るか？　と思い切って聞いてしまおうか）

いったいエディスはなんと答えるだろう。

まるで予測がつかない。

なぜなら、これまでエディスという娘は、エドマンドがこうするだろうと思っているのと必ず逆のことをしてきた。黙って修道院に入るのかと思えば、羊を踏んでいきなり馬車から飛び出してくるし、逃げられてしまったと悔しがっていると、木の上でじっと待っていた。

ようやく父親のところに送り届けた三日後には、いきなり町民姿で王宮に現れた。あの真面目なオールガを巻き込んで、王に取り上げられるはずだった財産をまんまと横領してみせた。

挙げ句の果てに、恋人同士かと思うほど仲のいい父親のあとを追わずに、エドマンドのそばに残るという愚かな真似をしでかす。

まるで予測がつかない。

（いっしょに行こうと言ったら、素直についてくるだろうか）

聞いてみたいと思う気持ちを、エドマンドは持てあました。

「差し出がましい口をききますが、どうかお許しを」

許しを待たずにオールガは提案した。「妃にならなくてもいいのでは？」

エドマンドは首をかしげた。

「え？」

「エディス様も、本心では行きたいのです。ですが、王妃になりたくて行くのではありません。エドマンド様のおそばにいて、お力になりたいだけ」

やめなさいと大あわてするエディスを手で制止しながらオールガは続けた。「ご身分こそ愛妾《あいしょう》ということになってしまいますが、正式な婚姻手続きを踏まないほうが、あとあとのことを考えてもよろしいかと。もし将来どこか他国の姫君と政略結婚することになろうとも、愛妾であれば、教会を巻き込むような面倒な事態には――」

「待て待て待て」

エドマンドはあわてて止めた。

「オールガ、おまえにははっきり言っておく」

おまえもよく聞けとエディスに念を押したかったが、決意が鈍りそうで顔を見ることはできなかった。

「おれは妃は持たない」

驚くオールガに、エドマンドは説明しなければならなかった。

「今ここで決めたわけではない。何日か前から考えていた。即位しても妃を持つつもりはないし、愛妾だろうがなんだろうが、そばにはおかない」

「またどうして」オールガは困惑しうろたえた。「これから王位に就かれようというお方が――

お世継ぎはいったい――」

「おれの次は、異母弟のエドワードだ」

エドマンドはうなずいた。「あいつは聡明で優しい。きっと優れた王になる。アングロ＝サクソン王家の血筋もつながるし、伯父のノルマンディー公も満足し、いいことずくめだ。イングランドに平和で安定した日々が訪れるに違いない」

そのときだった。

あることに気づいたエドマンドは息をのんだ。

兄のアゼルスタンも、まったく同じことを考えていたのではないか？　行く行くは、エドワードに王位を継がせたいと。

（だからアゼルスタン自身も結婚しようとしなかったし、おれがエディスと結婚したいと言ったときも止めたのか？　あれほどエドワードをかわいがっていたのも――）

きっとそうに違いない。エドマンドは唇をかんだ。どうして今の今まで気づかなかったのだろう。なぜ話してくれなかった。

シガファースやトスティーグたち『デーン派』の盟友たちに話せなかったのは仕方ない。エマの子どもに王位を継がせるなんてとんでもないと猛反対されたに違いない。

だが、弟の自分になら話せたはずだ。

（話し相手にならないほど、おれが未熟だったからか――）

「しかしエドマンド様」

だめだ、とエドマンドはオールガをさえぎった。

「考えてもみろ。もしおれが妃を持ち、王子が生まれれば、その子もエドワードも、王位を巡る国がらみの争いに巻き込まれる。子が不幸なら母親はもっと不幸だ」

エディスをこれ以上不幸にするわけにはいかない。

「一つ確かめたい」

エドマンドはエディスを見た。「エマの聴罪司祭《コンフェッシオ》が、おまえの母親は、デンマーク王家の血筋を引くと言っていた。あれは本当か」

ややあってから、エディスが申し訳なさそうに小さくうなずいた。

エドマンドにはようやく納得がいった。

若かったとはいえ、トスティーグはとんでもないことをやってのけたわけだ。兄アゼルスタンは、エディスの母の出自を知っていた。だからエディスのことはあきらめるよう、あれほどきっぱりエドマンドに言い渡したのだ。

エドマンドが第二王子だったあのときよりも、はるかに状況は深刻だ。もし王座に就いたエドマンドの子をエディスが産むようなことがあれば、イングランドの王位を巡る争いに、ノルマンディー公国はもとより、デンマーク王室までもがからんでくる。

想像もつかない陰惨な争いになることは、目に見えていた。

その渦中に、エディスを置くことなどとてもできない。

「だったらなおさらだ」

はっきり結論が出て、エドマンドはむしろほっとした。

「エディスは連れていかない」

＊

城門をくぐってロンドン市街に入ったエドマンドたちにめざとく気づいた市民は、数ヵ月ぶりに戻ったエドマンドを歓呼の声で出迎えた。

エドマンドが王座を継ぐことは、すでに周知の事実だったようで、市街は沸き立ち、ちょっとしたお祭り騒ぎになった。エドマンドが馬足をやや抑えて笑顔で歓声に応えると、お祭り騒ぎが、本当の祭りになりかけた。そばにいた豪商ライアンが、あわててエドマンドを王宮の中に押し込まなければならなかった。

正面玄関で馬から降りると、奥から異母弟のエドワードが走り出てきた。

そのままいつものようにきゃっきゃと抱きついてくるだろうと思っていたのに、エドワードはエドマンドの前で立ち止まると、やや怒ったような口調で言った。

「次の戦いには僕も連れていってください。異母兄さんの役にたちたい」

エドマンドは驚き、そして頼もしく思って異母弟を見直した。

(少し見ない間に、大人びるものだな)

彼もまた父王を失ったばかりだ。異母弟の肩に手を置いたエドマンドは、アゼルスタンが自分に言ってくれていたように静かに言い聞かせた。

「エドワード、おまえはおれの片腕だ。おれが戦場にいる間、王宮にいてみなの心をまとめてくれ。頼りにしているぞ」

うなずいたエドワードに、エドマンドは心からの笑顔になった。

エマは喪服に身を包んでいた。エドマンドは思わず見ほれた。

(相変わらずきれいだ)

思えば、母王妃が死んで火の消えたようになったこの王宮に、十七歳のエマが嫁いできたのだった。なんという甘い風が吹きこんだことだろう。一年中がつぼみほころぶ春のようだった。九歳だったエドマンドは美しくて頭の良い義理の母に夢中になったし、今でもその美しさにはうっとりさせられる。

ちょうどいい機会だ。この場でもう、はっきりエマに伝えておこうとエドマンドは思った。エマに――そしてエマを通してノルマンディー公に伝えたい。自分のあとは、このエドワードに継がせる。妃も愛妾も持つつもりはないから、もう何の心配もいらない、と。

(きっとアゼルスタンもそうするつもりでいたはずだ)

エマが、なぜかまぶしそうにエドマンドを見上げて言った。

「ご無事で安堵いたしました。一段とたくましくなられて――」

優しい言葉にくすぐられたエドマンドは肩をすくめた。

「あなたは相変わらずきれいだ。喪服がよく似合う」

以前は、こうした短いやりとりだけで精一杯で、あわてて背を向けエマの前から逃げ出したものだ。

(どうしてあんなふうに逃げていたのかな)

エドマンドは思いついた。

(そうか、いっそエマに聞いてみたらどうだろう)

あるいは、アゼルスタンはエマには話していたのではないか？　ちょうど今エドマンドがエマに話そうとしているように——自分のあとは、このエドワードに継がせたいのだと。

アゼルスタンは絶対そう思っていたはずだ。だが確証はない。エドマンドにも話してくれなかった。

ふと、先日のライアンの言葉がよみがえった。


——アゼルスタン様は、私どもに心を開ききってはくださらなかった

エドマンドにも、兄アゼルスタンが心の内のすべてを話してくれたとは思えない。十一も歳《とし》が離れていたからだろうか。

では、盟友だったシガファースやトスティーグたちにはどうだろう。彼らといっしょにいるアゼルスタンは、楽しそうではあった。だが、彼らがエマを憎悪の対象にするたび、厳しい表情でたしなめ、個人攻撃をエマに仕掛けることを決して許さなかった。

「エマ」

エマがその白い顔を上げた。

「アゼルスタンが、本当はどうしたかったのか、あなたに——」

言い終わらないうちに、エマが顔を背けた。

うるんだ瞳を揺らすのは、いつものエマの常套《じょうとう》手段だ。だが、いつもと様子が違う。どうしたんだろうと思う間もなく、その青い瞳の焦点がどんどん遠ざかり、いきなりひざから崩れ落ちた。

あわてたエドマンドは、肩を抱いて支えるのが精一杯だった。

何かの罠とは思えない。

どこかに横に——と抱き上げて、エドマンドは愕然とした。意識を失ったエマの身体は、まるで十にもならない子どものようだった。みながあれほど警戒し、恐れ、敵視している『ノルマンの宝石』が、こんなにも軽く、こんなにもはかない骨の持ち主とは。きっとエドワードのほうが重いに違いない。エディスの身体のほうが、よほどしっかりしている。

エマの頰を涙が流れ落ちた。

いったい何の涙だろう。

エマ付の聴罪司祭が現れたのでエドマンドはあわてて説明した。「話していたら——」

「お疲れが出たのでしょう」

特に心配する様子もなく、ひょいとエドマンドの手から抱き取った。

まるで、もろい仕掛けが壊れた操り人形を、持って引き上げる人形師のようだった。

奥に運ばれていくエマに、エドマンドができることは何もなかった。

黒い僧服の背中を、見えなくなるまでエドマンドは見送った。

＊

亡くなった父王――のちの世に『無策王』と呼ばれる暗君エセルレッド二世を慌ただしく弔ったエドマンドは、父王のあとを継いで戴冠した。

そして、イングランド王エドマンド二世として、とるものもとりあえず王軍を組織し直すと、再びクヌート率いるデンマーク軍との戦いに駆け戻った。

王都ロンドンを巡り、一進一退の攻防が繰り返された。

デンマーク軍が引き上げる気配はまるでなかった。一時は、ロンドンの城壁を包囲するところまでクヌートに迫られた。

囲みが完成する寸前に、エドマンドはロンドンを脱出した。そして王家の出身地であるウェセックスに馬を走らせ、新たに兵を募った。

不思議と人や物や金が集まった。

ひとたび敗退しても、新たに軍をたて直すことにエドマンドは何度も成功した。

しばらくして、なんとかロンドンを奪還した。その後もエドマンドは小規模な勝利を重ねた。

しかし、完全に勝利を収めるまではいかない。

クヌートを追い詰めながら、要所で負けることもあり、なかなかデンマーク軍の息の根を止めることができない。

飛び去るように夏が行き、秋の兆しが見えた。

「クヌートが本国の兄王に、増援を願い出たらしい」

商人筋から入った情報に、エドマンドはうなずいた。

「冬が訪れる前に、なんとしても決着をつけたいのだろう」

軍船がさらに襲来する。

わかっていながら、エドマンドたちにはもう何の手を打つこともできなかった。海上ではとても相手にもならない。デンマークの海軍はこの時代最強とうたわれていた。

「やれることは、すべてやった」

苦しい戦をくぐり抜けてきたエドマンドは、ようやくそう思えるようになっていた。

ふと顔を上げて見回せば、自分を囲んでいるのは、半年以上ついてきてくれたかけがえのない盟友たちばかりだ。満足げにうなずき合う顔は、貴族も商人も農民もみんな、笑顔だった。

(よくやったな)

一〇一六年十月。

イングランド南東部エセックスで、最後の決戦が行われた。

*

「馬車が着きました」

エドマンドは目を通していた書面から目を上げた。

最後の大きな戦の直後とあって、宮殿の大広間には、まだたくさんの負傷者が座り込んだり横たわったりしてざわついている。手当てをしたり飲むもの食べるものを配る女たちが忙しく行き交っている。

その大広間の正面扉から、家令オールガに続いてエディスが入ってくるところだった。兵たちの間を縫うようにしてこちらに歩いてくる。けが人や血の臭いに動じる様子はない。

「エディス様だ」

誰かがエディスだと気づいて声をあげた。エディスはためらうことなくそちらに近づき、優しく二言三言交わし、まるで自分の子どもの世話でもするように、ごく自然に彼の包帯の具合を確かめた。

するとまわりの傷ついた男たちも次々にエディスの手を求めだした。

エディスはいちいち心配げに包帯に手を当てたり、傷の具合を聞いたり戦話に耳を傾けては、うんうんと労をねぎらっている。

(エディス)

山羊小屋で出会った優しい少女がそこにいた。

うれしがる男たちの輪の中からオールガが引きずり出すようにして、ようやくエドマンドのそばまでやってきた。だが、皆と並んで木のベンチに腰をおろしていたエドマンドがすぐにはわからない。

やっと目が合うと、ほっとしたのかさすがにエディスの表情が和らいだ。

エドマンドは目を通していた書類を盟友ハロルドに預けて立ち上がった。

(とりあえず、二人だけで話せる場所に――)

しかし、エマたちがいる上の階にエディスを連れていくわけにはいかない。

控えの間の扉を開いたが、そこにも到着したばかりの十数人の騎士たちがぐったり座り込んでいた。エドマンドを見てあわてて立ち上がろうとしたのを「いいんだ」と手で制してまた大広間に戻った。

奥の謁見室や執務室にも貴族たちが休んでいる。エドマンドはエディスを目でうながし食堂に通じる広い廊下へと出た。

食堂は、大広間よりもさらにごった返しているはずだ。

だが食堂に通じるこの廊下には、使用人たちが忙しげに行き交ってはいるものの、座り込んでいるような傷病兵はいない。エドマンドは薄暗い廊下の隅で足を止めた。

「聞いたか」

「いいえ、まだ――ご無事で良かった。ここに私が呼ばれたのはきっと、エドマンド様がおけがをされたからだと――」

エドマンドの横を、使用人たちが申し訳なさそうにすり抜けていく。

「ここにおまえを呼んだのは、おれの口から直接話したかったからだ。戦は終わった。勝つことはできなかった。だが負けずにすんだ。土壇場でトスティーグがこちらに寝返ったからだ」

「父が？」

エディスの声に喜びと恐れが混じった。

恐る恐る尋ねた。「父は？」

声を絞り出すこの瞬間が、エドマンドにとって今度の戦いで最もつらい瞬間となった。

「命を落とした」

エディスが息をのんだ。

「すまない」

うなだれたエドマンドは壁に身をもたれさせずにはいられなかった。

「攻めたてられて、死を覚悟した。道が急に開けたので、見たら、トスティーグたちが盾になってくれていた。いっしょに引きたかったが、どうすることもできなかった」

エドマンドは壁を叩いた。

「トスティーグは、最初から寝返るつもりでクヌートの元に戻ったのかもしれない」

「最初から？」

「あの夜だ。トスティーグは剣を抜いておれを試したんだ。おれが、どれだけ本気で戦えるか試した。おまえに手を上げ――」

くそ、と額を壁に当てた。「どうしてわからなかった。無理矢理おまえを連れていかれそうになって、かっとしてわからなかった――すまないエディス」

ある程度の覚悟はしていたのだろう。エディスは、泣きだすようなことはなかったが、動けずにいた。慰めようとエディスの背中に手を当てかけたエドマンドは、その手を止めた。

（これでは逆だ）

エディスに背中を撫でてほしい、はげましてほしいと心の底で願い続けてきた自分が情けなかった。自分のせいで、さらにエディスをつらい目にあわせてしまった。最愛の父親をエディスから奪ったのはこの自分だ。

（おれはエディスの疫病神《やくびょうがみ》だ）

エドマンドは壁に背中を預けた。

「デンマーク側についた『デーン派』貴族たちが、間に立ってくれた。おれとクヌートは数日中に和平協約を結ぶ。ウェセックスはおれが統治し、テムズ川以北は、クヌートが統治することになる」

驚くエディスに、そうだとエドマンドはうなずいた。

「おまえがトスティーグから継ぐことになるイースト・アングリア領は、クヌートの領土になる。やつは『デーン派』貴族たちとの結びつきをもっと強めたい。すでにトスティーグに婚姻の許しはもらっているから、おまえを返せとおれに言ってきた」

エドマンドは苦く笑った。

「返すも何もない。シガファースが結婚したばかりの妻を遺していったから、気にかけていただけだ。おまえが行くと言うなら、おれは送り出す」

エディスは戸惑ったのか、らしくない、か細い声でエドマンドに確かめた。

「私、行ったほうが、良いのですか？」

エドマンドはこみ上げる思いをなんとか封じ込めた。

もしこのまま自分のそばにおけば、必ずいつか手を出してしまう。今よりもさらにもっとつらい目にあわせてしまう。そのことはすでにエディスにも話したつもりだ。エドマンドは自分の頭を、意志の力で無理矢理うなずかせた。

「行ったほうがいい」

エドマンドは首にかけた革紐《かわひも》を襟元から引っ張り出すと、シガファースの指輪を外してエディスに返した。

エディスは自分の指にはめようとして、手を止めた。

じっと指輪を見つめながらつぶやいた。

「クヌート様に嫁ぐ私が持っているより、エドマンド様のおそばにあるほうが、シガファース様も喜ばれるはず」

エドマンドの手に返した。

アゼルスタンが死んで二年半。

以来、あまりにもたくさんのものを失ってきた。今またエディスも去ろうとしている。

こんな小さな指輪を一つ手元に残すくらい、みんな笑って許してくれるだろうと思えた。

＊

トスティーグが死んだいきさつを話すと、オールガは苦しげに瞑目《めいもく》し言葉もなかった。エドマンドは頼んだ。

「棺はすでにイースト・アングリアの領地に向かっている。頼む。エディスを送ってやってくれないか」

「今これからですか」

「そうだ。着いたばかりで疲れているのは承知だが、一晩だってエディスをここに置くわけにはいかない」

　こうしてロンドンに着いたその日のうちに、エディスは故郷イースト・アングリアへ向かうことになった。

　馬車にエディスを押し込んだエドマンドは、くれぐれも言い聞かせた。

「間違っても馬車から飛び出したりするなよ。おとなしく揺られていくんだ。クヌートの妃になるのだから、もう乗馬もよせ」

「お約束できません」

　エディスはうつむいた。「また修道院にでも幽閉されそうになったら――」

「羊を踏んで逃げるつもりか？」

　ありえない光景が脳裏によみがえってエドマンドは苦笑した。

「もう二度とあんなことはない。安心しろ」

　エディスにも笑ってほしかった。笑顔で別れたい。しかし、エディスはにこりともしないまま頭を下げた。

「いろいろありがとうございました」

　こらえてはいたが、瞳が涙で潤むのを隠すことはできない。

　見ないようにして、うん、とうなずいたエドマンドは馬車の扉を閉めた。そして御者《ぎょしゃ》たちに声をかけた。

「出してくれ」

　馬上のオールガに手を振った。「頼んだぞ」

うなずいたオールガと護衛の騎士たちが、動き出した馬車を馬で挟んで走り出した。

（これでいい）

ありがとうと言わねばならないのは、エドマンドのほうだ。

もしエディスがいなければ、自分はどこでどうなっていたかわからない。

集まってくれた仲間たちと、イングランドを守り戦うことができた。こうしてなんとか平和な日々を取り戻すこともできた。すべてエディスが支えてくれたおかげだ。

だが、ありがとうと言って別れるには、まだ早い。

（見てろ。今にあの馬車から飛び出してくる）

賭けてもいい。あのエディスが黙って運ばれていくはずがない。どうせすぐ飛び出してくるから、捕まえて、あらためてもう一度よく言い聞かせねば。黙ってクヌートの元に行けと。

だが、馬車は何事もなくエドマンドから遠ざかっていく。

なぜ飛び出してこない――理由は簡単だ。エディスが賢いからだ。これ以上自分がそばにいれば、エドマンドは必ず手を出してしまう。王位継承を巡ってまたさらに深い混乱が生じる。だから自分はここにいてはいけないのだ、ということを、エディスはよくわかっていた。

（行ってしまうんだな）

これでようやくエディスは幸せになれる。

しかし、馬車が離れれば離れるほど、安堵とはほど遠い気持ちにエドマンドは苛《さいな》まれた。

（泣いているのでは？）

馬車の扉が閉められ一人きりになったとたん、エディスは泣きだしたのではないか？　あの薄暗い山羊小屋で泣いていたように。

泣きたいのはこっちだ。

どうする、とエドマンドは自分を責めた。

（いっそ追いかけて、連れ戻してしまおうか）

王位継承など、なんとでもなるのではないか？　決めるのは王たる自分だ。なんとでもする。

しかし肝心のエディスは、ついてくるだろうか。

（あの娘ときたら、おれの言うことは何一つきかないんだ。馬車から下りろと言ったって絶対素直には下りては来ない。父親の言うことさえ頑として聞かなかった——そう、あの木の上からだって絶対下りて来ようとしなかった。来いとさんざん脅したのに——）

あのときはエドマンドも木に登り、腕をつかんで無理矢理引きずり下ろしたのだ。

（そうか。あのときみたいに腕をつかんで、馬車から引きずり出せばいい）

どうしてエディスのこととなると、これほど凶暴な気持ちになるのだろう。エドマンドは駆け出しながら、自分でも驚くくらいの声を張り上げた。

「待て」

驚いて止まった一行を追いかけ、馬車の扉を勢いよくあけた。

エディスが落ち着きはらった顔で身構えている。

「何か？」

（泣いていない）

泣くどころか、こわい顔でエドマンドをにらんでいる。

とにかくエディスという娘は、エドマンドが思うのとまるで逆のことばかりする。これまでだってエドマンドの予測はことごとくはずされてきた。

（いったいどうして泣いてるなんて思ったんだ）

声もないエドマンドに、エディスはますますこわい声で尋ねた。

「もしクヌート様に伝言があれば、言い付かりますが」

「それだ」

エドマンドはあわててうなずいた。

「一度、ゆっくりあいたいと伝えてくれ。おれから出かけていってもいい」

「承知いたしました。そのようにクヌート様にお伝えします」

エディスは、相変わらずかたくなに椅子に張り付いている。エドマンドが手を出す隙などまるでない。なすすべもなく引き下がったエドマンドは、静かに扉を閉めた。

地に足が着いたとたん、無性に腹が立ってきた。

（なんだあいつ。あんなこわい顔で、つっけんどんに――）

もっとしっかりしろと言わんばかりに――まるで母親気取りだ。

エドマンドは癪に障った。

（おまえがいなくても大丈夫だ）

もうぼやいたりしない。腹のうちを誰かに吐き出したりすることももうありえない。一人で立派に王の務めを果たしてみせる。

そうだ。こんな指輪だってもう必要ない。エディスに返そうと革紐を引っ張り出しながら、エドマンドは自分の軟弱さにいらいらした。こんな物を大事に胸元にしまい込むなんて、なんて情けない——。

勢いよく馬車の扉をあけた。

エディスが、顔を覆って泣き崩れていた。

あふれる涙をこらえきれず、どうすることもできない赤子のような有り様に、エドマンドはまた横っ面を叩かれたような気になった。どうしていつもこうなる。エドマンドもいっしょに泣きたくなった。

(まるで予測がつかない——)

馬車に乗り込むとエディスはあわてて反対側の扉から逃げだそうとした。

「だめ」

いや、もうどこにも逃がすわけにはいかない。かろうじて手をつかんで、そのまま両腕で抱えこんだ。

山羊小屋で泣いていた女の子を、ようやく捜し当てた気持ちになった。

「なんとでもなる」

自分自身と、抱え込んだエディスの両方に言いきかせた。「そうさ、なんとでもなる。そうだろう？」

相変わらず、先行きはまるで読めない。ノルマンディー公が自分たちを殺しにかかる——それくらいしか先は読めない。

それでもなお、自分たちの先行きは明るく思えた。

「なんとでもなる」

うん、と小さくうなずいてくれたエディスの手に、シガファースの指輪をしっかりとはめた。

エディスは指輪を見つめながらまたしゃくりあげた。

「怒られてないですよね？」

「シガファースが？」

どうだろう。結局こんなことになってしまって、シガファースは怒っているだろうか。

わからない。

「おれは、シガファースの怒った顔を見たことがないんだ」

「そうでしょうね」

うなずいたエディスが涙顔のまま、ようやく笑った。

「あの方、本当にエドマンド様が好きだった――」

エディスの手のぬくもりをもう一度しっかり確かめてから、いっしょに馬車からおりた。

王宮へ戻ろうと二人で歩き出そうとしたエドマンドは、オールガを振り返った。「すまない、手間をとらせた。馬車を帰してくれるか」

あきれたことに、オールガは声をあげて大泣きしていた。手を取り合った二人を見て号泣するあまり、何か言うことさえままならない。

エドマンドは、笑顔になった。

涙が止まらぬオールガに、その言葉の重みをかみしめながらうなずいた。

「そうだ。エディスはもうどこにもいかない」

＊

一〇一六年十一月末。

エドマンド二世は急逝した。

奇跡ともいわれたクヌートとの休戦から、わずか一ヵ月あとのことだった。彼の治世は、わずか七ヵ月で幕を閉じた。

エドマンド二世の死によって、アングロ＝サクソン朝は断ち切られた。

エドマンドの領土はクヌートに引き継がれ、クヌートがイングランド全土を治めることとなった。

だが世がデーン朝となっても、イングランドの国民はこの青年王を忘れなかった。

イングランドを守るためたった一人で立ち上がり、凶暴な侵略者に対して、最後まであきらめず抵抗し続けたエドマンド二世に『剛勇王《アイアンサイド》』という力強い異名を与え、その早すぎる死を惜しんだ。

＊

エディスは、その名前しか記録されていない。

他のエディスと区別するため、彼女は『イースト・アングリアのエディス』と呼ばれている。

エピローグ

「それにしても」

クヌートが、暗く冷え切った真冬の廊下を歩きながらぼやいた。

「おまえの父親には、ひどい目にあわされた」

いいのさ、と肩をすくめた。「よくあることだ。裏切り寝返りはいつも想定の範囲内だ。誰がいつ裏切ろうがおかしくはない。だが、トスティーグにはすっかりしてやられた。もう少しでエドマンドの息の根を止められたのに、気づいたら、敵陣のど真ん中にいた。おまえの父親がいつの間にか引き込んでいたんだ。おれの人生で最大の窮地だった。よくぞ切り抜けたものだ。今思い出してもぞっとする」

クヌートはエディスの反応を注意深く確かめながら尋ねた。

「エドマンドも知らなかったな？　おまえの父親が寝返ることを」

「ご存じありませんでした」

「やはりそうか。くそ、だったらなおさらおれに見破れるわけがない」

早足でうしろをついて歩いていたエディスは、厚手のマントの前をかき寄せながら、いい機会だと思って尋ねた。

「父はいつ、エドマンド様に寝返ることを決めたのでしょう」

「ここにおまえを迎えに来ただろう。あの夜だ」

クヌートはどこか楽しげだ。

「何が何でもエドマンドを説得し、こちら側に連れてくるとトスティーグは言った。だからおれもエドマンドにあてて何枚も手紙を書いて持たせたんだ。だが、結局エドマンドは言うことを聞かず、おまえまでもがやつのそばに残ってしまった。トスティーグは、そのままエドマンドにつくより、いったんおれの元に戻って、戦場で寝返るほうがエドマンドのためになると踏んだ。それもぎりぎり土壇場で寝返ろうとな」

やはりそうかと目を伏せたエディスに、クヌートが尋ねた。

「参考までに聞かせろ。あの夜、トスティーグに何を言った」

エディスは、小さく息をついた。

あの夜、ここに降っていた雨の冷たかったこと。身体の震えが止まらなかったのが、昨日のことのようだ。

「父が私に言ったんです。イングランドなど、もうなくなったも同じだと。だから私、いいえまだあると言いました。エドマンド様が折れない限り、イングランドはまだあると」

「なんて娘だ」

嘆息したクヌートにエディスは言った。「あなたのお言葉ですよ」

「おれの？」

「ええ。私を使者として王宮に送りこむとき、あなたが私に言われました。エドマンドは最後の柱だ。エドマンドさえ折れればイングランドは終わる、と」

クヌートは眉根を寄せた。

「おまえ、まさか、それをエドマンドにも言いはしなかっただろうな」

「言いました」

「おれがそう言ったと？」

「もちろん。他でもないクヌート様がそう言われたと、しっかり念を押しました」

「ああ、なんて娘だ」

立ち止まったクヌートは天を仰いだ。「そうか、こんな娘を使者にたてたのが、そもそもの間違いだったのか」

エディスは可笑しくなった。

「愚痴《ぐち》をこぼすために、わざわざいらしたの？」

「そうではない」

クヌートは自分でも可笑しかったらしい。「だが、おまえの顔を見たら、こぼさずにはいられなかった。許せ」

はい、とエディスは目を伏せた。

クヌートは再び早足で歩き出した。

「わざわざおれがここまで来てやったのは、おれが迎えに来なければ、おまえがこの館から一歩も出られないと思ったからだ。来いと手紙を書いて迎えをよこしただけでは、安心して馬車に乗れまい？」

「確かに」

こんな夜更けに、いきなり、それもひそかに出立することになってしまったので、エディスを見送ったのは家令オールガの他、数人だけだった。

わずかな荷物を荷台に積み込ませ、オールガと、号泣する女中たちに短く別れを惜しんで、エディスは馬車に乗り込んだ。

また再びこの館――シガファースが残してくれた館に戻ることがあるだろうか。

(おそらくない)

すると、馬に乗って先行すると思われたクヌートが、いきなり腰の長剣――死んだエドマンドが帯びていた『オファの剣』を外して手につかむなり、エディスの乗った馬車の中に乗り込んできた。驚くエディスの向かいの席に座って扉を閉めた。

「出せ」

馬車が軽快に走りだした。

ひざをつき合わせてクヌートは楽しげだ。

「こんなところをエマに見つかれば、おまえもおれも命はないな」

エディスは小さく嘆息した。「でしょうね」

「兄上は本気でおれをあの女と結婚させるつもりだ」

クヌートは憂鬱そうに眉根を寄せた。

エドマンドが兄のアゼルスタンに憧れ、慕い続けたのとはまるで逆だ。クヌートと本国デンマークにいる兄王との関係は、一筋縄ではいかないらしい。

「どうぞお幸せに」

「ばかにしてるのか？」

「少なくとも、戦はせずにすみます」

ノルマンディー公は、クヌートがイングランド全土の王位を継ぐことを受け入れた。妹のエマを王妃に迎えるという条件付きでだ。

つまり、デンマークとノルマンディー公国という二つの強国が、戦うことなくイングランドを共同征服したことになる。

すべてノルマンディー公が書いた台本どおりに事が進んだわけだ。

「かわいそうなエドワード坊やは、ノルマンディーの修道院に送られていった。『オファの剣』が手元に来た代わりに、おれは改宗させられる。だがそんなことはどうでもいい」

イングランド全土の王位に就き、もうじきかの『ノルマンの宝石』を妻に迎えるというのに、クヌートの表情はさえなかった。

クヌートが本当は何のためにわざわざここまで迎えに来たのか、エディスにはわかるような気がした。

エドマンドが急死してから、早三ヵ月がたとうとしている。

馬車の揺れに身を任せながら、クヌートは好敵手だったエドマンドをしきりに懐かしんだ。

「まさか和平協約を結ぶことになるとは思わなかった。不思議でしょうがないのだが、誰に聞いても、的確な答えを得られない。なぜエドマンドはあんな状況下で、何度も兵や金や物資を新たに集め直すことができた？　それほどやつは能弁な男だったか？　雄弁な？」

「いいえ」

エディスは苦笑しながら首を横に振った。

「けして雄弁なお方ではありませんでした。でも、身分や職業に関係なく、誰とでも家族のように接しました。相手の身になって考えてあげることにかけては天才でした。ご自身のことは二の次で、あまり口にしないのだけど――」

エディスは目を伏せた。「だからこそ、みんな、つい手をかして差し上げたくなった。力をかしてあげたいと思わせる何かがあった。あの笑顔がまた見られそうだというだけで、自然に人が集まってきた――そんなところでしょうか」

「おまえもか。我が婚約者どの」

エディスはうなずいた。

「申し訳ないと、エドマンド様はことあるごとにおっしゃっていました。クヌート様にもシガファース様にも、申し訳ないと」

「おれならいいさ」

クヌートは大きな肩をすくめた。「首に縄をつけてまで白鳥を飼う趣味はない。さすがはグンデヒルダの娘だなと思っただけだ」

エディスは驚いた。

「母をご存じなの？」

「ハンサムなイングランドの青年貴族に恋して、国を捨てた姫君のことをか？　デンマークの王宮では知らない者はいないよ」

そうなのかと、エディスは赤面した。

「おまえを返せとエドマンドに迫ったのは、和平協約を有利に進めるためだ。エドマンドがおまえを返してよこすとは、はなから思っていなかった」

「なぜ？」

「これだ」

手元の『オファの剣』にクヌートは目をくれた。「イースト・アングリアの港町で、おまえがこれを抱きかかえていた。おれがもぎ取ったら、階段を下りていたエドマンドが、ひどく顔色をかえた。もっと手荒なことをしたら、きっとかけ上がってきただろう。おまえはやつにとって特別な存在だった」

「大切な盟友が遺した寡婦でしたから」

「それだけではなかったはずだ」

クヌートは断言した。

「だからおまえをロンドンに送り込んだ。やつはきっとおまえを抱えて王宮を飛び出さざるを得なくなる。イングランド王は王太子と、唯一無二の指揮官を同時に失う――それが狙いだった」

「まんまとはめられたと、笑っておられました」

あの笑顔にもう一度会いたい――エディスは目を閉じた。

クヌートも彼を惜しんだ。

「もっと話がしたかった。最初、戦場で剣を交わしたときは勇猛なやつだと感心したが、平時は違ったな。拍子抜けするくらい優しげで驚いた」

「少し優しすぎたくらい」

「幼いころからああだったのか?」

さあ、多分——と首をかしげたエディスに、クヌートは違和感を覚えたらしい。

「初めて会ったのは?」

「エドマンド様とですか?　私が初めてお目にかかったのは、シガファース様と結婚する前の日です」

クヌートは驚いた。

「この剣をおまえから取り上げた、たった数日前?」

とても納得できない、と首をひねった。「おかしいな。おまえたちは、小さいころからの幼なじみか何かだと——てっきりそう思い込んでいた」

エディスのほうが首を捻った。「どうして?」

クヌートはしばらく考え込んだ。

「わからん」

エディスは微笑んだ。忘れもしない。「エドマンド様と初めてお会いしたのは、シガファース様と結婚する前の日の夜です」

あの館の大広間で、みんなが笑顔でエドマンドを囲んでいて、シガファースも父もいて、それはそれはにぎやかで楽しい集まりだった。

「シガファース様が、私をエドマンド様に紹介してくださったのです。なのに、なぜだか私どきどきしてしまって、まともにごあいさつできなかった。シガファース様に合わせる顔がなくて、申し訳なくて、あとでお詫びしたら、シガファース様は笑われて――」

「何と言った」

エディスの耳には、まだあのシガファースの優しい声が残っている。

「いいさ、と言われました。エドマンドには、男でもどきっとすることがある。エドマンドの笑顔には中毒性があって、ついまた見たいと思ってしまう。領地を失っても惜しくないと思えるから困る。あいつが女でなくて本当に良かった――」

それがシガファースとエディスが二人きりで交わした会話の、ほとんどすべてだった。

クヌートは尋ねた。

「シガファースがそう言ってたと、エドマンドに話したことは？」

目を伏せてうなずいたエディスに、クヌートはますます興味を示した。

「やつは何と言った」

エディスは遠い眼差しになった。

夜明け前の寝台の上で、エドマンドはいつものあの笑顔を見せた。

「いつものように、笑われました。『ばかなことを――』と言われ、それから、ちょっとだけ泣かれました」

クヌートは思わずため息をついた。

「で、おまえのその手が慰めたわけだな」

エディスの小さな手を不思議そうにながめた。

「その指輪はエドマンドが？」

「ええ――いいえ、この指輪は、シガファース様が結婚式でくださった指輪です。エドマンド様が、はめ直してくださって――」

赤くなったエディスにクヌートは苦笑した。

「エドマンドらしい」

エディスは目を伏せた。

「結局、おまえがエドマンドのそばにいたのは、半年くらい？」

「でも、そのほとんど戦場におられたわけだし」

「戦の間中、この手がずっとやつをはげまし続けたわけだ」

エディスの手を取るなりクヌートは言った。

「この手をおれにかせ」

冗談だろうと、エディスは笑った。「こんな手が、いったい何のお役にたつでしょう」

「エマとの婚姻を拒絶する」

エディスは耳を疑った。

まさか。ありえない。だが、クヌートは真顔だ。

「ノルマンディー公を敵に回すおつもりですか」

「笑わせるな。やつが味方だったことなど一度もない」

「でも、それでは、デンマーク本国の兄君様の命に背くことにもなります」

「忘れたのか？　おれとおまえは正式に婚約した仲だ。本国の兄上だって一度は承知している。エマとの婚姻はまだ成立したわけではない。おまえとの婚約をたてに拒絶しようが、誰にも文句は言わせない。それに、今ならイングランド中が喜んでエドマンドの弔い合戦に加わる。ノルマンディーが相手だろうが、勝ちにいける。兄上だって、おれがノルマンディーに勝利すれば、喜んでおまえとの婚姻を認めるはずだ」

青ざめるばかりのエディスの手をクヌートは両手で包んだ。

「この手をかせエディス。指輪はこのままでいい。いや、このままがいい。この手が必要だ。おまえだって悔しいはずだ。あの女を許せるのか？」

クヌートは歯がみした。

「おれは、悔しい」

得がたい好敵手を、卑劣な手段で奪われたクヌートの悔しさが、手からひしひしとエディスに伝わってきた。

エドマンドの突然の死は、ノルマンディー側の陰謀としか考えられない。

「悔しいです。許すなんてとてもできない」

エディスは目を閉じた。

「でも、エドマンド様は私に言われました。こうなったのはすべてエドマンド様のせいだから、この先もし誰かを恨みたくなったら、エドマンド様を恨めと。他は恨むなと」

エディスはクヌートの手をそのままそっと自分の腹に押し当てた。

「え？」

一瞬あってからその意味を悟ったクヌートは、思わず息をのんだ。

「いつ生まれる」

「夏には」

エディスの胎内に、エドマンドの血を継ぐ者がいる。

このことが、国内外にどれほど大きな波紋を呼ぶか、計り知れなかった。エディスはクヌートに言った。

「エドマンド様が言われたのです。自分に何かあったら、クヌート様を頼れと。誰にも相談せずに、まっすぐクヌート様のもとに行けと」

揺れる馬車の中で、二人は見つめ合った。

「お願いがあるのです」

＊

その後、ほぼ二十年もの間、平和で安定した時代がイングランドに訪れる。

クヌートは、デンマーク本国の王位を兄から継ぎ、さらに遠征を重ねノルウェーの王位をも手に入れた。クヌートが治めた三つの国々は北海帝国と呼ばれ、クヌートは大王と称された。

クヌートは『ノルマンの宝石』エマを妃に迎え入れた。そのことにより、強国ノルマンディー公国との良好な関係も保たれた。

再びイングランドの王妃となったエマは、期待されたとおりクヌートの王子を産んだ。

結局、エマはその生涯で二人のイングランド王に嫁ぎ、産んだ王子たちのうちの二人が、イングランドの王として即位した。

だがいずれの王も子を残すことはなかった。

クヌート大王の死後、彼の帝国はあえなく崩壊。

イングランドの王位継承は、再び大混乱に陥った。

エマとエセルレッド王との間に生まれたエドワード王子は、ノルマンディー公国の修道院に送られていた。だが三十八歳のときにイングランドに呼び戻され、王位に就いた。エドワードは信仰心があつく、のちに聖人に列せられて証聖王《しょうせいおう》と呼ばれた。

だが、彼もまた子を残すことはなかった。

一〇六六年。

混乱するイングランドを武力で征服したのは、エマの兄リシャールの孫にあたる、ノルマンディー公ギヨーム二世庶子公だった。

すなわち、英語名ウィリアム征服王である。

ウィリアム征服王によるノルマン・コンクエストにより、デーン朝は終焉《しゅうえん》。

イングランドはノルマン朝の時代となった。

エマの血筋は、ぷつりと途絶えた。『ノルマンの宝石』は一人孤独な余生を送った。

*

一方、エディスは、亡きエドマンド剛勇王の子をひそかに産んだ。

双子だった。

クヌートはこの双子の命を守るため、自分の実妹であるスウェーデン王妃の元にひそかに送り、彼女に養育を預けた。エドマンドの遺児たちは、混乱するイングランドの王位継承争いから遠ざけられた。

しかし、最終的にこの遺子たちが、イングランドの伝説的な英雄アルフレッド大王、さらには七王国《ヘプターキー》を統一したエグバート王まで直接さかのぼることができる、アングロ゠サクソン王朝の血筋を受け継ぐ者たちとなる。

ハンガリー国王は、この希少な血筋を受け継ぐエドマンドの遺児の一人を、自分の王女と妻合わせた。

生まれた王女は、スコットランド王に求められて王妃となった。彼女が産んだ王女はウィリアム征服王の四男ヘンリー一世の妃としてイングランドに渡り、王女マティルダを産んだ。

マティルダはフランス諸侯の名門アンジュー伯に嫁ぎ、長男アンリを産む。

一一五四年。

イングランドでノルマン朝が断絶した。

新たにイングランド王に即位したのは、マティルダの長男であるアンジュー伯アンリだった。すなわち、プランタジネット朝の初代の王ヘンリー二世である。

ヘンリー二世はそののち、英仏《えいふつ》にまたがる広大なアンジュー帝国を築き、イングランドに封建王政の盛期をもたらした。

そして彼の血筋は、以後、現代にいたるまで、イングランドはもちろん、全ヨーロッパのあらゆる王室に脈々と受け継がれていくことになる。

主要参考文献

『世界の歴史3　中世ヨーロッパ』堀米庸三／責任編集　中公文庫
『ヨーロッパ文化史紀行』原守久／著　東洋館出版社
『刀水歴史全書10　ノルマン人　その文明学的考察』R・H・C・デーヴィス／著　柴田忠作／訳　刀水書房
『世界歴史大系　イギリス史1　―先史～中世―』青山吉信／編　山川出版社
『ノルマン騎士の地中海興亡史』山辺規子／著　白水Uブックス
『カラーイラスト世界の生活史22　古代と中世のヨーロッパ社会』
G・カセリ／著・イラスト　木村尚三郎　堀越宏一／監訳　東京書籍
『概説イギリス史　伝統的理解をこえて』青山吉信　今井宏／編　有斐閣選書
『ヴァイキング　世界史を変えた海の戦士』荒正人／著　中公新書
『世界地図から歴史を読む方法』武光誠／著　KAWADE夢文庫
『図説　ヴァイキングの歴史』B・アルムグレン／編　蔵持不三也／訳　原書房
『ヒストリア13　ヴァイキングの経済学　略奪・贈与・交易』熊野聰／著　山川出版社
『ウィリアム征服王の生涯　―イギリス王室の原点―』
H・ベロック／著　篠原勇次　D・ブラッドリー／訳　叢文社
『アルフレッド大王　その生涯と歴史的背景』E・S・ダケット／著　小田卓爾／訳　新泉社
『アルフレッド大王　英国知識人の原像』高橋博／著　朝日選書

■本書は、書き下ろしです。

榛名しおり（はるな・しおり）

神奈川県在住。七月七日生まれ。

『マリア』で第三回ホワイトハート大賞佳作を受賞し、デビュー。以後、歴史に材をとったドラマチックな作風で人気を博す。

近刊に「カノッサの屈辱」を描いた『女伯爵マティルダ』がある。『幸福の王子　エドマンド』と『虚飾の王妃　エンマ』は、対をなす作品として描かれている。

幸福《こうふく》の王子《おうじ》　エドマンド

第一刷発行　二〇一八年十月二十四日

著　者　榛名《はるな》しおり
発行者　渡瀬昌彦
発行所　株式会社講談社
〒一一二—八〇〇一　東京都文京区音羽二—一二—二一
電話　出版　〇三—五三九五—三五〇六
販売　〇三—五三九五—五八一七
業務　〇三—五三九五—三六一五

本文データ制作　講談社デジタル製作
本文印刷所　豊国印刷株式会社
カバー印刷所　千代田オフセット株式会社
製本所　大口製本印刷株式会社

ISBN 978-4-06-512653-0　N.D.C.913 278p 19cm

『虚飾の王妃　エンマ』

榛名しおり

『幸福の王子　エドマンド』と対をなす物語。
王宮でエドマンドと対立した
エンマの真実の物語。

講談社